私の遺言
あの体験 あの珍事

小林 久男

鳥影社

は じ め に

　湯の入った器の中に、蛙を入れれば蛙は熱さに驚いて飛び出すが、水を入れた器の中に蛙を入れゆっくりゆっくり加熱していくと、遂には蛙が茹で上がってしまうという「茹で蛙」の話は有名です。

　人間の体調についても同様で、少しずつの体調変化に対しては馴染んでしまい、自覚症状が出たときにはもう手遅れということがあります。

　私の今の心境は、現役時代の不摂生がたたって、ここ数年の間に頸動脈閉塞と肺癌の手術を受け、いつ再発するか分からない恐怖と闘っているところです。

　今までは、過去を振り返ることはなかったのですが、身体に爆弾を抱えるようになってからは、人生の後半を眺め直し整理してみようという気持ちになりました。

　しかし、記憶だけを頼りに整理したのでは、不正確な記載になってしまう恐れがあるので、可能な限り記録として残っている資料を優先することにしました。

　ところが蓋を開けてみると、新聞や雑誌などへの寄稿・投稿文や講演の草稿などが未整理のまま保管してあった

ので、それらを分類し選別するのに予想以上の時間を費やしてしまいました。

　さて、拙著の内容は、国内や海外でのビジネスとその余禄や生活の中で体験した珍事・変事や災難などをまとめたもので、特に記憶に残っているものを拾い出してみました。この中には、人様の参考になる部分もあろうかと思い、恥を忍んで「私の遺言」として出版しておこうと決意した次第です。

第1章　海外での生活体験というものは、国内では再現できない貴重な記録としていつまでも心に残るものです。

第2章　道楽と自然観察の実践は、新しい趣味を見つけ出すナビゲーターであり師匠でもあります。

第3章　災難は先触れなくやってきて、人生を滅茶苦茶に破壊するので、石橋を叩いて渡るくらいの用心が肝要です。

第4章　ボランティア活動は、社会に貢献すると同時に人と人との繋がりの輪を大きくしてくれるものです。

第5章　次世代を切り開くには、夢が実現することを

信じつつ、教養を高めながら人材を育てていくことが重要です。

　拙著の中の各々の編は、一編ごとに独立した文章として完結しているので、全編を早送りで読んでいただくと、他の編と重複した個所や表現も出てきます。

　また、各々の編は、各章のジャンルに沿って分類したので、時系列的には前後したところもありますが、致し方のないこととしてご容赦願います。

　数ある書籍の中から拙著を選択し、ご購読下さる各位にお礼を申し上げます。

　最後に、拙著の出版にあたり絶大なるご支援を頂いた㈱鳥影社社長の百瀬氏に深く感謝いたします。

2018 年 5 月吉日
著者　小林　久男

しだれ桜(近間の公園で筆者撮影)

私 の 遺 言

あの体験 あの珍事

目　次

はじめに ··· *1*

第1章　海外だからできた体験

1．国際線機内での想い出 ······································· *13*

（その1）一等席を譲ってくれた上司 ··············· *14*

（その2）操縦室へ誘導してくれた客室乗務員 ······· *16*

2．ソ連（変革期のロシア）だからできた体験 ······· *20*

3．社風のいろいろ（モスクワにおいて） ··············· *33*

4．カナダだからできた体験 ······································· *37*

（その1）狩猟免許の取得と鹿狩り ··············· *38*

（その2）オタワで骨董品のカメラを発見 ··········· *42*

（その3）メイプルシロップ製造工場での朝食 ······· *45*

5．モスクワ市内の乳児院を慰問 ······························· *49*

6．モスクワ市内の乳児院からの礼状 ······················· *57*

7．乳児院から新聞社イズベスチャーへ救済の投稿 ··· *60*

第2章　道楽と自然観察

1．別荘地の予定が農地から梅園へと変転した ······· *65*

2．ヤマ道楽にはまっている ································· *71*

3．旬の竹の子 ··· *80*

4．モノはためし ··· *83*

5．ふる里の珍味 ··· *86*

6．野鳥たちを撮る ………………………… 91

7．カマキリの誕生 ………………………… 96

第3章　失敗と災難は先触れがない

1．税関で捕まったライカの顕微鏡 ………… 103

2．盆栽の趣味が奪われた ………………… 110

3．医療ミスが原因で南房総の土地を売却 ……… 114

4．喫煙の付けが回ってきた ……………… 118

5．癌（悪性腫瘍）とは …………………… 125

6．裁判所の調停員と専門委員になったが ……… 130

7．ヤマユリが白百合に化けた …………… 135

第4章　ハーモニカ教室とボランティア活動

1．手弁当で奉仕活動を実践中 …………… 141

2．社会貢献は難しい ……………………… 147

3．ハーモニカ演奏の出前 ………………… 151

4．どちらが先に落伍するか根くらべ ……… 155

5．高齢者の手習いが才能を発掘した ……… 159

6．ハンディーを負ってのボランティア活動 ……… 163

第5章　次世代を照らす大人の教養

1．生活インフラのルーツと変遷 ………… 169

2．二十一世紀はロボットが大活躍 ……… 175

3．あすを照らすクリーンエネルギー ································ 179

（その1）太陽光の力 ································ 181

（その2）海洋の力 ································ 184

4．包装の功罪とその対策 ································ 186

5．経済環境が違うと合理化の考え方が変わる ······· 189

6．なぜ物流の合理化が急務なのか ················ 193

7．今になって何故社員教育なのか ················ 203

8．国家資格の取得で人生が変わる ················ 214

あとがき ································ 220

プロフィール ································ 222

私 の 遺 言

あの体験 あの珍事

ミロのビーナス（パリのルーブル美術館で、1969年筆者撮影）

（注）：ミロのビーナスは、ギリシャのミロ島で発見された大理石の立像で、紀元前130年頃の制作といわれています。

第1章

海外だからできた体験

第1章 海外だからできた体験

１．国際線機内での想い出

　現役時代は海外出張が多かったので、いろいろの国の
エアラインを利用させてもらいました。今までに訪問した
国は約20ヵ国くらいだと思いますが、業務で出張してい
たので当然のことながら仕事が主体であったことと、夜
は長々と飲食を楽しみ過ぎたこともあって、観光に時間
を割かなかったことを今になって後悔しているところです。
　海外出張のたびに、家内からはお父さんばかりがいい
思いをしていると皮肉を言われていました。
　家内は、引っ込み思案の人間で一人では行動できない
ので、定年後は一度くらい海外旅行に連れていかなけれ
ばいけないと考えていましたが、だらだらと考えている
間にお互いに体調不良やあちこちの部品の老朽化が進行
し、長期間の旅行は諦めなければならなくなってしまい
申し訳なく思っているところです。
　もうこの年齢になると、プライベートでも国際線はお
ろか国内線さえも乗ることはないと思います。
　そこで、今までに体験してきた空旅の総括として、特
に記憶に残っている一コマを再現してみたいと思います。

13

（その１）一等席を譲ってくれた上司

　弊社に、某物産からアルジェリアの国営企業が計画している プラント建設の商談が持ち込まれたのは1973年の晩秋でした。その概要は、アルジェ市、オラン市、コンスタンチーヌ市の3都市のそれぞれに洗剤プラントを建設したいという膨大な計画でした。

　そこで、相手側の要望事項を分析して対応策を立てるために、プロジェクトチームを編成したのでした。

　入手した資料を基にあれこれと議論をしましたが、入手資料だけで想像しながら対応するよりも、現地を視察して電気、ガス、水道、通信、道路などのインフラがどの程度整備されているのか、原材料の調達や製品の配送などはどのように考えているのか、また相手側が要望している技術レベルなどは面談して正確に把握することが重要だという結論になったのでした。

　そこで1974年5月に、アルジェリアのプラント建設予定地（アルジェ市、オラン市、コンスタンチーヌ市の3ヵ所）の現地視察と相手側が要望している技術レベルの確認打ち合わせのために、当時の装置技術部長であった中川さんにお伴して、地の果てアルジェリアへ出張しました。

　正直なところ、私はアルジェリアについては全く無知でしたが、ただ一つだけ知っていたことは、1830年頃

第1章 海外だからできた体験

にフランスが武力併合によってアルジェリアを植民地化したことくらいでした。

また、日本では 1955 年頃に、「カスバの女」という歌謡曲が流行っていたので、歌詞の内容は知っていましたが、そのアルジェリアへ出張するなどということは夢にも思っていませんでした。

その歌詞の内容は、昔はフランスのパリにある超有名な「赤い風車（ムーランルージュ）」の華やかな踊り子であったものが、今は流れてアルジェリアのカスバで浮草の夜の女になっているといった悲しい哀れな身の上を歌ったものでした。したがって、アルジェリアの印象としては、流れてきた女の最後の居場所で、少なくとも華やかなところではないと思っていました。

日本からアルジェリアへの飛行ルートは、羽田からスペインのバルセロナへ、そこに一泊してバルセロナからマドリッド経由でアルジェへ行ったのです。

その当時の、飛行機内の座席区分はファーストクラスとエコノミークラスのみであり、エコノミークラスでのアルコール類の注文は有料でしたし、種類に関係なく 1 ドリンク当たり 1 ドル（1 ドルが 360 円くらいで、駅の立ち食いソバが一杯 30 円の頃）であったと記憶しています。

私は酒好きの方でしたが、酒の味は分からないので日

15

常は安い日本酒を愛飲していました。したがって、外国の高級ウイスキーなどは今までに飲んだことはなかったのです。機内販売でありながら、1杯1ドルは私にとっては贅沢でしたので、懐具合と相談しながらチビチビ飲んでいたのでした。

　飛行機が羽田を離陸して数時間が過ぎた頃だったと思います。突然、中川さんが私のところまで来られ、俺が君の座席に座るから君はファーストクラスへ行ってみないかと言われたのでした。

　しかし、エコノミークラスでは狭くてお休みになれないからと遠慮したのですが、俺は小柄だから心配するなと冗談を言いながら私を思い遣って下さったのでした。

　その時ばかりは、中川さんのご厚情のおかげで豪勢な機内サービスが満喫できたのでした。

（その2）操縦室へ誘導してくれた客室乗務員

　1995年3月に東南アジア諸国へと出張したとき、機内サービスの良さで有名な某エアライン（日本のエアラインではない）に搭乗した時のことです。

　ファーストクラスの乗客は私だけだったので、客室乗務員は暇を持て余し、飲み物や果物はいらないかと愛嬌を振りまきながら手厚いオモテナシをしてくれたのでした。

第1章　海外だからできた体験

　私の先入観では、一般的に言って欧米のエアラインでは、客室乗務員は表面的なサービスは上手ですが、細かい配慮や思いやりに関しては多少不得意のように感じていました。一方、アジア系のエアラインでは、客室乗務員は細かい配慮や思いやりのサービスは大変良くサービス抜群だと思っていました。

　彼女は私が渡した名刺を見て、私が技術士（consulting engineer authorized by the Japanese government）であることを知っていたので、私が希望するのであればコックピット内を見学させることが可能かどうかを、事前に機長と相談していたらしく、「もし、ご希望ならば、操縦室内が見学できるかもしれない」と、教えてくれたのでした。そこで、是非見学させて欲しいとお願いしたところ、早々と機長の許可を貰ってくれたので一緒に操縦室に入ったのでした。

　室内には数多くの計器類が隙間なく配置してあり、重装備の凄さに驚かされました。また、当日は運よく良いお天気でしたので、操縦席前方と左右の大きな窓からの眺めは素晴らしくまさに一望千里の大パノラマでした。

　人のよさそうな機長は、慎重に操縦しながらも私が悪人ではないと見抜いて安心したのか、副操縦士席に私を座らせてくれ、主要計器類の機能を簡潔に説明してくれたのでした。

17

特に、自動操縦システムは、相当に信頼性の高い高度な技術であることが分かり感心したのでした。
　私が部屋を出るときに、機長は私に対して「貴方はパイロットになればよかったね」と冗談を言いながら笑っていました。
　操縦室を出た後で、あのようなスペシャルサービスは異例のことだと彼女が驚いていたのがとても印象的でした。
　今では到底考えられない「嘘のような本当の話」であり、彼女の気転のおかげで極めて珍しい体験ができたのでした。

コックピット内の副操縦席

第1章　海外だからできた体験

（注₁）：（その１）、（その２）部分は、2014年の作文です。

（注₂）：私が初めて海外出張したのは、33歳のときでした。

　　　　　それは、1969年に日本包装技術協会が主催した、約１ヵ
　　　　月間に亘る欧米７ヵ国の「国際包装展」視察のツアー
　　　　に参加したときです。

　　　　　その当時は外貨の割当制度があり、自社製品や原材料
　　　　などを海外に輸出をして外貨を稼いでいる企業は、そ
　　　　の金額に応じて外貨の割当枠が決められていたようで
　　　　した。

　　　　　そのために、外貨枠のなかった企業や個人では、海外
　　　　旅行に出掛けることが困難な時代でした。

　　　　　つまり、当時は海外旅行ができるということは、稀な存
　　　　在であったので周りの者から羨ましがられたのでした。

　　　　　そのようなこともあって、私の海外旅行が決まった時
　　　　には、親や親戚から餞別を貰ったのです。

　　　　　また、出国の当日には、会社から総務部長や関係者の
　　　　方々が、わざわざ羽田空港まで見送りに来て下さいま
　　　　した。

2. ソ連（変革期のロシア）だからできた体験

　私がソ連ビジネスに関わり始めたのは1976年からでしたが、当時のソ連は鉄のカーテンに包まれた国であったので、国情や国民性については全く知らなかったのです。

　初めて訪莫する時、準備の段階から驚いたことは、事前にモスクワのインツーリストにホテルの予約をしたにも拘わらず、予約したホテル名はモスクワのシェレメチェボ空港に到着するまでは分からないということでした。

　空港に到着した時、インツーリストの係員が出迎えてくれ、ホテルへ案内してくれたので、初めて宿泊ホテルが分かったという次第です。

　その時の出張者は、3社で合わせて十数人でしたが、全員が同一ホテルに泊まれたのではなく、割合新しくて赤の広場に近い「ホテルロシア」と歴史のある「ウクライナホテル」に分宿させられたのです。しかも、両ホテル間は数km も離れていたのでした。

　モスクワ市内のホテルは、高層の大ホテルばかりであり、特別の催しがあるとき以外は部屋が満室ということは考えられず、分宿させる理由は未だによく分からないのです。

　しかし、その当時の噂では、ロシアビジネスについて3社間で相談させないためだとか、部屋の壁には盗聴器

第1章 海外だからできた体験

が仕掛けられているので、我々の話は筒抜けになっているというようなことが囁かれていました。

モスクワ市内には、赤の広場、クレムリン宮殿、ワシリー寺院、グム百貨店、ボリショイ劇場、トレチャコフ美術館、モスクワ大学など見どころは多くあり、素晴らしい芸術・学術の大都市です。

一般市民は、日本人に対しては概して親切でした。市民が大勢集まる美術館では、長い行列ができていましたがパスポートを提示すると優先的に入館させてくれました。

ところ変われば世相もかわるので、モスクワ市内の変わった状況を幾つか記してみます。

赤の広場と右からクレムリン宮殿とワシリー寺院（中央左）

今回のソ連ビジネスは、某商事が窓口になっていたので日本の某商事本社と某商事のモスクワ事務所の方々には大変お世話になったのでした。

　モスクワを訪れたときに聞かされたことは、「写真撮影には気を付けろ」ということでした。

「河川や橋、軍の施設などは絶対に撮影するな」ということでしたが、一般の観光客が集まる、赤の広場や寺院、レーニン廟前の衛兵の交代などは自由に撮影できるとのことでした。

　変わっているなと感じたことは、外国人に対するホテル内のレストランや外貨ショップなどでの支払いでした。

　特別食などの価格表示はルーブル（ロシアの通貨単位）ですが、ルーブルは使用できず外貨で支払うのです。したがって、現地人は外貨を持っていないので入店はできないし、仮に外貨を持っていたとしても入口には木戸番の兵隊がいて、入店をチェックしているので表向きは証明書がなければ入れないことになっています。

　しかし、地方からモスクワに出張して来るソ連人は、証明書があれば入店もでき支払いはルーブルでよいのだそうです。

　ところが不思議なことに、店内には一般市民と思われる客が何人か入っているのには驚きました。

　ホテルに長く宿泊していると、顔見知りになった従業

員からドルショップでの小物の買い物を頼まれることがあります。

　一般市民が外貨を入手する手段は、ルーブルを闇ルートで両替するのです。つまり、一般市民が外貨を獲得するには、隠れて外国人に近寄り闇レートでルーブルとドルとを両替するのです。その交換レートは、銀行の公定レートよりも数倍もの好条件を提示してくるのです。

　当時のソ連での公定レートは、概算で１ドルが１ルーブルくらいであったと思います。このような話は、外国人にとっては一見錬金術のようですが、極めて危険な行為であるので気をつけなければならないのです。

　外国人旅行客は、入国時に銀行で外貨を両替しますが、両替するたびに両替のレシートを出国時まで大切に保管しておくことが大切です。

　不正行為によってルーブルが増えたとすれば、帰国時にその余分なルーブルはドルに両替できないので紙くず同然になってしまうのです。

　つまり、外国人は滞在中にルーブルを使用しているので、最初に両替したルーブルよりは少なくなっているのが当たり前ですが、両替したルーブルが逆に増えているということは、闇レートでの両替によって増加したものと見なされてしまうのです。

　タクシーにしても、ちょっと変わった運転手がいるの

で面白いです。タクシー料金は、原則としてメーター表示によってルーブルで支払うのが一般的です。

　ところが、タクシーに乗ろうと待っていると、タクシーに乗るなら俺のタクシーに乗れと誘いがかかるのです。彼らの目的は、外国のタバコやチューインガムなど外国の品物が欲しいのです。

　特に日本人に対しては、着物姿の女性のカレンダーをせがまれることが多かったようです。後で聞いた話では、彼らはカレンダーの写真のところを転売するので、何もその年のカレンダーでなくてもよいのだそうです。

　私はヘビースモーカーでしたので、常にタバコは２箱くらいポケットに入れていました。

　そのタバコを、１箱あげたところタクシー代がタダになり、チューインガムにしても、６枚入りの包み一つでタクシー代はタダになったのです。

　しかも、帰りの時間を聞かれたので伝えたところ、迎えに来てくれるという親切さでした。申し訳なく思ったので、持っていたタバコとチューインガムを全部差し上げました。

　その話を某商事の方に話したところ、あまり大判振る舞いをされると、それが当たり前になってしまうので、後々困ることになるとのことでした。

　どうも、その当時のタクシー代の相場は、タバコなら

ば数本でありチューインガムなら1枚のようでした。

運転手の中には、アルバイトの運転手も交じっており、高級官僚が乗る高級車の専用運転手も、空き時間帯にその高級車を使って一稼ぎしている人もいるので、運が良ければ高級車にも乗ることができるのです。

訪莫中には、某商事モスクワ事務所の計らいで、有名なボリショイ劇場で本場の「白鳥の湖」のバレエを鑑賞することができました。

ボリショイ劇場のメーンのバレエ団は、世界中を巡業していているので留守になることが多く、本場のボリショイ劇場でさえもなかなか見られないというメーンのバレエ団が、当日は運よく出演していたのでした。

それは、目が覚めるような舞台装置の中で、しなやかで舞い上がるようなバレエは観客を完全に魅了させてくれるものでした。私は観劇の間、この世のものとは思えない別世界に引きずり込まれてしまったのです。その素晴らしさは、言葉では言い表せない夢の中でただただ感動するばかりでした。また、オーケストラピット内に陣取った楽団の演奏（白鳥の湖）も洗練されたバレエと完全にマッチして素晴らしいものでした。

前置きはこのくらいにしておいて、14年間の長かったソ連（ロシア）ビジネスの概要が、「毎日新聞」に掲載されたので以下に転記します。

「ビジネス奮戦記」(「官僚主義」に戸惑い)

『洗剤のトップメーカーである花王に、ソ連の化学工業省から「最新鋭の粉末洗剤工場を建設したい」という話が持ち込まれたのは14年前の1976年のことだった。「四年後のオリンピックには外国人選手がたくさん来る。良質な洗剤を提供したい」とソ連側は意気込んでいた。

花王の研究開発部門の主席部員である小林(53歳)は当初からこのプロジェクトにかかわってきたが、まず感じたことは「規模が余りにも大きい」ということだった。

花王の洗剤工場の能力は一工場で年産5万トン程度。洗剤はかさばるので、輸送コストを節約するため普通は工場を分散させている。

ソ連の工場の規模は20万トンと桁外れに大きい。小林がこの点を突くと、ソ連の担当者は事もなげに言いきった。

「何百キロ離れていてもソ連国内の輸送費は一律トン当たり6ルーブル、問題ありません」。小林は「ソ連では常識がつうじない」ということをのっけから思い知らされた。

しかし、その小林にしても、実際に工場が動き出すのは、オリンピックはおろか、13年後になろうとは、夢にも思わなかった。

契約を正式に結んだのは78年4月だった。

住友商事が窓口になり、プラント製造は日揮が担当し、花王はライセンスオーナーとして機器の据え付け指導のほか、試運転指導やオペレーターの教育・訓練を受け持つことになった。

　建設場所は、モスクワの南へ220キロのノボモスコフスクで工場名はノボモスコフスク・ビットヒム。契約金額は4,500万ドルだった。

　ところが、機材搬入は順調に進んだのだが、ソ連側が担当する建屋の建設が遅々として進まなかった。その理由はすぐにわかった。ソ連の工場建設には軍隊が動員されるため、折からのアフガン侵攻で、兵隊がアフガンにとられてしまったのだ。

　小林が文句を言うと「アメリカや日本など資本主義国が悪い。彼らのせいで極東情勢が緊迫化、アフガンに行かざるを得なかった」と一しゅうされる始末。花王の社内には「まともに付き合ってはいられない」という声が圧倒的になった。

　しかし、86年以降のペレストロイカ[注2]が状況を劇的に変え、建設が急ピッチで進んだ。特に87年に合弁法が制定され、工場にもかなりの権限が与えられたのが大きかった。

　それまでは建設は建設公団、試運転は試運転公団と極端な縦割りになっていたが、工場が独自に人を雇えるよ

うになった。

　工場が完成したのは昨年の12月。原材料や製品輸送などのネックはあるものの、現在はほぼフル操業が続いている。

　14年間を振り返って小林は「ソ連人は一生懸命やろうとしていた。しかし、しゃくし定規の官僚国家だったため、個人の力ではどうしようもないことが多かったのではないか」という気がしている。

　そして小林には、昨年1月に研修のために来日した工場の現場責任者の言葉が強く印象に残っている。今までの研修といえば公団の幹部が、買い物ツアー（日本はおとぎの国といわれている）のついでにやっていた。

　しかし、ゴルバチョフ大統領のお蔭で、我々のような現場の人間が研修に参加できるようになった」と。

（敬称略）』

(注₁)：『』内に記載した部分は、1990年8月10日（金曜日）の「毎日新聞」の朝刊に掲載された記事です。

(注₂)：ペレストロイカは、旧ソ連のゴルバチョフ政権で進められた改革の総称のことです。

　　　　ペレストロイカ前後の部分を年表で示すと表1の如くです。

第1章 海外だからできた体験

年　月	主 な 出 来 事
1964年10月	フルシチョフ首相解任。第一書記にブレジネフ、首相にコスイギン就任。
1971年 9月	フルシチョフ死去。
1985年 3月	チェルネンコ書記長死去。後任にゴルバチョフを選出。
1986年 6月	ペレストロイカ路線に転換。
1990年 3月	憲法改正。ゴルバチョフが大統領に就任。
1991年 6月	ソ連保守派が非常事態国家委員会を結成。ゴルバチョフ大統領を軟禁。ヤナーエフ副大統領が大統領代行に就任。
1991年 7月	エリツィン最高会議議長がロシア共和国の初代大統領に就任。
1991年 7月	米国ブッシュ大統領とゴルバチョフ大統領がモスクワで、戦略兵器削減条約（START）に調印。

表1　ペレストロイカ前後の年表

（注₃）：写真1および写真2は、ノボモスコフスク・ビットヒムに完成した洗剤工場内の写真です。

洗剤プラントの建設は、1980年のモスクワ・オリンピックに間に合わせる予定でしたが、国内の大混乱（ソビエト連邦からロシア共和国への変革）によって遅れに遅れて、契約から14年後に完成しました。

写真1　洗剤工場の制御盤室内で中央制御盤の試運転

写真2　洗剤工場の包装室内で包装機械の試運転

第1章 海外だからできた体験

(注₄):日本では、珍しいモスクワ・オリンピックのコイン

モスクワ・オリンピックが開催された1980年頃は、米ソの冷戦が続いていたので、西側諸国はモスクワ・オリンピックをボイコットしました。そのために、日本ではモスクワ・オリンピックの記念コインは極めて珍しいものになっています。

当時、私はモスクワへ時々出掛けていたので、オリンピックのコインはホテルの売店（外貨ショップ）で購入することができました。

私にとっては、思い出に残る貴重なコインです。

日本では珍しいモスクワ・オリンピックの記念コイン

特に、金貨のオリンピックコインは数量が非常に少ない一方で、銀貨はたくさん販売されていました。

(注₅)：1992年4月14日に、ロシアのゴルバチョフ元大統領ご夫妻が某社の東京工場に来工されました。ご夫妻は、日本の桜が大好きだという噂を聞いていたので、来工日に合わせて満開になるように管理した「しだれ桜」の大きな鉢植えをロビーに配置してご夫妻をお迎えしました。

写真1　ライサ夫人に漆塗りのコンパクトをプレゼントする丸田会長（中央）、左側がゴルバチョフ元大統領、右側が筆者

(注₆)：(注₂)、(注₃)、(注₄)及び(注₅)部分は、2017年8月に追記しました。

3．社風のいろいろ（モスクワにおいて）

　プラント建設の工事予算について、ソ連側との価格交渉の場面では、会議の中途に化学工業省の幹部が突然顔を出し、彼曰く日本側の見積金額は倍高いと言いながら、ところで日本側の見積金額は幾らかと、ソ連側の担当者に聞くなど笑い話のような場面もありました。どのような見積金額でも、まずは高いだけではなく２倍も高いというのが常識のようです。

　さて、当時のソ連（現在のロシア）から、洗剤プラント建設の商談が持ち込まれて以降、技術会議が何回か開かれたが、その中で極めて重要な技術会議が催されたのは1976年8月中旬からでした。

　これまでのソ連側の要求は、建設の総工事予算額を抑えながら、一塔のスプレードライヤーで20万トンの能力を出せとか、カートンの自動供給装置を設けろとか、不経済かつ金額的に無理な要求が多かったので、日本側のコンソーシアム（consortium）である三社は、ソ連側が日本側の意見を受け入れないのであれば、この商談は破談になっても構わないという覚悟で交渉に臨んだのでした。

　ところが驚いたことに、会議が始まった途端にソ連側の対応が急変し、日本側の意見を取り入れてくれること

になったのです。

　そこであわてたのが日本側の三社で、各社は日本を出発する前に、この商談の続行は困難だと決めていたので、各社とも急遽日本の本社との意見調整が必要になったのです。

　各社ともに調整の結果、この技術会議は最後まで継続し契約に結び付ける努力をしようということで合意したのでした。

　この大変換のために、出発前に出張期間は一週間くらいの滞在を予定していたものが、結果的には45日間も延びてしまったのです。

　当然のことながら、我々は軍資金が不足するし、服装も夏仕度で訪莫したのにモスクワでの10月上旬の気候は、日本の初冬に相当するくらいになっていました。

　モスクワでの季節の変わり方は極めて速く、早春に樹木が芽吹いたと思うと数日で葉はすっかり緑になるし、8月には紅葉が始まるのです。

　各社の担当者は、とりあえず某商事のモスクワ事務所で借金をし、日本の本社に送金を依頼し送金を受けて命をつないだのでした。

　その時の各社の送金の仕方には、細かいところで違いがありました。

　私の場合は、要求した全額が手元に入るよう送金時に

第1章 海外だからできた体験

送金代を別途支払ってくれていましたが、他社の場合は
要求した金額は送金代金込みの金額と見なされていたの
でした。つまり、額面から送金代金が差し引かれていた
のです。

両者の差額はわずかなものでしたが、そのとき他社の
方々は「お宅の会社は思いやりのあるいい会社だね」と
羨んでいたのが印象的でした。

どちらの送金の仕方が正常なのかは別問題として、こ
れは各社の社風の違いが、社員の思いやりを知らず知ら
ずの間に変えてしまった一例であったのかもしれません。

最終的には、洗剤プラントの商談は契約に結びつき、
相手側の事情で長い年月を要しましたが、完成したのは
常識では考えられない1989年12月でした。

（注1）：スプレードライヤーとは、ステンレス製の円筒状の背
　　　　の高い大きな塔で、塔の上部に幾つかのノズルを設け、
　　　　塔の下からは、熱風を送る構造のものです。
　　　　このノズルから粉末洗剤の原液でドロドロしたお粥状
　　　　（スラリー）のものを、高圧でノズルから噴き出して霧
　　　　状にします。
　　　　塔の下からは熱風を送り込むと、霧状の粒は落下する
　　　　間に乾燥し、粉末洗剤ができるのです。

（注₂）：カートン自動供給装置とは、粉末洗剤を入れるための厚紙でできた防水効果のある箱（カートン）の自動供給装置のことです。紙器メーカーから納入されるカートンは、折り畳まれた状態で納入されるので、一般的には充塡包装機械のカートン供給部に一定量まとめて人手によって供給しますが、これを自動的に供給する装置がカートン自動供給装置です。

開発はしていますが、経済的でないのでほとんど使用していません。

（注₃）：（注₁）、（注₂）部分は、2016 年 10 月に追記しました。

第1章 海外だからできた体験

4. カナダだからできた体験

カナダに滞在した背景

カナダは、国土の広さがロシアに次ぐ大きさですが、ツンドラ地帯や森林が大きな面積を占めています。

また、カナダは豊かな自然と資源に恵まれ、農業、林業、工業共に盛んです。林業では、材木をはじめ木材パルプ、新聞用紙などを輸出しています。

鉱業では、アメリカ、ロシアに次ぐ生産国で、亜鉛、ニッケル、モリブデン、鉛、金、銀などは世界有数の産出国として知られています。その他、天然ガスや石油などのエネルギー資源にも恵まれています。

そのカナダのオンタリオ州には、日本の某社の子会社がありフロッピーディスクの生産をしていたのです。その製品を、カナダやアメリカに販売していましたが、販売は好調に推移して工場の増設が必要になったのです。

そこで、今まであった工場の隣に土地を購入して、規模を大きくした新工場を建設して移転することになったのです。

私は、その新工場建設のプロジェクトマネージャーとして、1986年から約2年の間アーンプライアーという町（オタワの近く）に単身赴任したのでした。

カナダという国は、オンタリオ州が英語圏であり、ケ

37

ベック州がフランス語圏というところで、英語もフランス語も公用語になっている関係で、商品などの説明書や公の書類などは全て英語とフランス語を併記することが義務付けられています。

これは、あたかも日本国内の電力会社から供給される交流電源の周波数が、関東以北は50サイクルで中部以西が60サイクルになっているのと同様の現象であり、未だに統一できないでいるのです。

カナダでは夏が短いので、休日などは各々が趣味や道楽などに時間を使い、精一杯レジャーを楽しんでいるのが一般的のようです。

子会社の社長も例にもれず、盛んにクレー射撃、オンタリオ湖での釣り、狩猟時期には鳥獣の狩猟などを楽しんでいました。そのような関係で、私は彼の趣味に付き合わされたのでした。

その中の幾つかを、以下に記してみます。

（その1）狩猟免許の取得と鹿狩り

私が単身赴任したのは4月でしたが、その時から子会社の社長に狩猟へ誘われていました。

その予行訓練のつもりであったのか、何回かクレー射撃にも付き合わされ、お世辞に上達が早いと褒められ、

第1章　海外だからできた体験

すっかり天狗になっていたのです。そのおだてに乗って、狩猟免許を取得する決意をしたのです。

　狩猟免許の取得の条件は、猟銃の取り扱いの講習を受講することと、狩猟法に関連する学科の筆記試験に合格することです。

　そこで、免許取得のための講習を受けることにし、仕事が終わってから受けられるように夕方から約2時間の授業（猟銃の取り扱いなど）を1週間受けました。

　学科試験の中には、狩猟禁止の鳥獣と狩猟可能な鳥獣の名前の記入があり、鳥獣名の英単語を知っていないと合格は困難であり、私は見事に不合格になってしまいました。この試験は、現地人でも50％くらいの合格率であり難しい試験のようです。しかし、不合格者には、日を改めて1回だけ追試験を認めているのが有り難かったのです。

　しかも、私の場合は、狩猟禁止の鳥獣や狩猟可能な鳥獣の日本語名は分かっていましたが、その名前の英単語が分からないということを試験官が認めてくれ、和英辞典の使用を特別に許されたおかげで、何とか合格することができました。

　狩猟者は、鳥獣の名前は知らなくても猟銃の引き金を引く前に、その鳥獣が狩猟可能な鳥獣であるのかどうかの判断が正確にできればよいわけですから、この試験官

は、大変良い判断をしてくれたと感謝しています。

　取得した免許に有効期限はなく、取得さえすれば返納しない限り更新の必要はないのです。

　免許を取得すると登録免許税を毎年支払うことになり、支払いをするとその年に狩猟できる頭数（確か鹿は３頭までだったと思う）のタグが３枚貰えるのです。しかし、狩猟をしなければ、その年の免許税は支払う必要がないのです。

　もし、このタグが貼ってない獲物を、監視員に見つかると当然のことながら密猟者ということで罰せられることになります。

　狩猟免許が取得できたので、狩猟の解禁を待つことにしました。

　鹿狩りができる狩猟場が、200km くらい離れたところにあるので、そこに一泊させてもらう約束で、狩猟日の前日の午後に出発することにしました。

　当日は狩猟場の簡易宿泊所に一泊させてもらい、翌朝は 30 分くらい歩いて奥に入り狩猟を開始したのです。

　広大な森林な中で、寒さに耐えながらブッシュの陰に身を隠し鹿が現れるチャンスを待っていたのです。私は鹿を見つけることはできなかったのですが、１時間ぐらい経過した頃ドカーンという大きな音が聞こえたので、様子を窺ったところ社長が鹿を射止めたのでした。鹿は

オスの大きなものでした。

　射止めた直後の重要な作業は、直ちに獲物の血抜きをして肉質を低下させないようにすることであり、この作業はカナダ人の社長が手慣れた手つきで処理したのです。

　ここの狩猟場では、捕獲した獲物の毛皮と肉の半分は狩猟場の所有者に渡すのが礼儀というか習慣になっていたのでした。

　解体したシカ肉は、私もお裾分けで約１ｋｇを頂くことができました。

　頂いた貴重な鹿肉は、赤味が強いが癖がないとのことでしたので、家に帰って「しゃぶしゃぶ」で食べることにしたのです。

　しゃぶしゃぶは、しばらく食べていなかったのでちょうどよいタイミングでした。

　適当なタレがなかったので、日本から持参した昆布茶を使って特製のタレを作ってみましたが、本物のタレというわけにはいきませんでした。

　準備ができた鍋に、鹿肉を浸しながらおいしく食べたのです。

　しゃぶしゃぶ鍋には灰汁が多く出てきましたが、灰汁を取りながら食べるのは乙なものであり、肉は軟らかくて癖は全くなく素晴らしい味でした。欲を言えば、本物のタレが欲しかったということです。

頂いた肉は多かったので、2回に分けて味わいながら楽しく食べたのでした。

　射止めた鹿を、自分で料理して食べるということは、日本にいたのでは実現できませんが、カナダに滞在したおかげで夢のような貴重な体験ができました。

（その2）オタワで骨董品のカメラを発見

　私の住んでいたアーンプライアーという町は、ここからオタワまでは高速道路を利用して約1時間で行ける便利なところです。

　オタワには、韓国人が経営している食料品店があり、日本の調味料などを販売していました。また、その近くには日本食のレストランもあったので、休日には時々出かけては利用していました。

　あるとき、市内を見物していたら中古カメラ屋に行き着きました。早速店内に入り、カメラを物色していたところ大変珍しい骨董品のライカ1型の「モデルA」というカメラを見つけたのです。

　私はライカの古いカメラは数台持っていましたが、この骨董品のカメラは雑誌の写真で見たことはあったものの、実物を目の前で見たことはなかったのです。

　これは相当に高価なものだと思っていましたが、値段

第1章 海外だからできた体験

を見ると予想外に安かったので即座に購入してしまったのです。それは、今このカメラを見逃してしまったら、二度と拝見できないだろうと直感したからです。

　日本の中古カメラ屋で販売しているカメラは、高級カメラになれば十分に整備してメッキや塗装をし直し、一見新品同様と思われるまでに磨き上げているのが一般的ですが、このオタワのカメラ屋の展示カメラは、見るからに中古の汚いカメラであるという感じのものばかりで、見劣りしていたので安かったのかもしれません。

骨董品のライカ1型の「モデルA」

国民性の違いで、カメラに限らず日本人は機能より外観を重視しますが、カナダ人は外観よりも機能を優先するようです。

　購入したカメラを後で改めて調べたところ、ライカ１型の「モデルＡ」で「ボディー No. 49,254」であったので、1930 年製であることが分かりました。

　その後もオタワのカメラ屋には何回か足を運び、滞在中にアンティークカメラを３台も購入してしまったのです。

　日本の自宅でのカメラの保管場所は、居間にカメラ専用の食器棚を置き数十台を保管していたので、持ち帰ったカメラもここに入れたのです。

　保管場所が居間であれば、時々好みのカメラを取り出してシャッターを押し、シャッター音を聴いて楽しむことができるからです。

　蒐集したカメラで、フィルムを通したものは数台だけであり、それも試し撮りをした程度です。

　要するに、ほとんどのカメラはフィルムを通したことはなく、調達した時のままでした。つまり、全てのカメラは実用機として使用したことがないのです。これが、蒐集家の間抜けなところかもしれません。

　しかし、今考えてみればカメラの保管に、大きなドライキャビネットを使用しなかったことを後悔しています。

　それを使用しなかったばかりに、多くのカメラのレン

ズにカビが発生してしまったのです。

　レンズのカビ取りを業者に依頼すれば、レンズの種類にもよりますが安いものでも１本で１万円前後はかかるので、カメラとレンズの状態を元通りにするには莫大な費用が必要になるのです。したがって、さらに状態が悪化しないうちに、全てのカメラを処分してしまおうと決意をしたのでした。しかし、これらのカメラは、私が20年以上の歳月をかけて主として海外で調達してきたので、処分の結論を出すまでには随分と悩みました。

　早速、業者に買い取りを依頼しましたが、カメラの保管状態が悪かったこともあって、買い叩かれたのでその買い取り金額は調達金額の30％くらいでした。

　アンティークカメラは、蒐集する調達費用だけでなく保管にも大金が必要となるので、これを契機にカメラの蒐集はやめ足を洗ったのです。

（その３）メイプルシロップ製造工場での朝食

　カナダの国旗は、楓の葉をあしらったもので広く世界中に認知されています。カナダは移民の多い国ですが、国民が一体となって楓の樹木を大切に守っています。したがって、楓の樹木はあらゆるところにあり、初秋になると紅葉して素晴らしい眺めです。

また、カナダ名産の一つであるメイプルシロップは、楓の樹液が原料です。カナダでは、日常生活でメイプルシロップを使用することは少ないようですが、パーティーなどではよく使われているようです。

　早春のある日、メイプルシロップを提供するレストランがあるから、行ってみようということになりました。

　その場所は隣村であり、メイプルシロップを製造している工場とそれに隣接してレストランがあり、造りたてのシロップとパンが食べられるという情報でした。

　良質のシロップをつくる時期は早春であり、樹木が冬眠から目覚め今年の生命活動を開始するときが最適とのことでした。

　早速、翌朝そこへ行くことにし、朝食抜きで訪問することにしました。

　その場所は広大な楓の林の中にあり、工場は目立たない小さな一軒家でした。

　楓の林に入った時、樹木が水を吸い上げている音がするから聞いてみろと言われたので、幹に耳を当てて静かに聴いてみると「トクトク」という小さな音が聞こえてきました。

　一方、製造工場の中には、原料タンクと大きなカマドと釜および製品タンクがあるだけの極めてシンプルなものでした。

第1章 海外だからできた体験

　楓からの樹液の採取方法は、数十本の楓の幹の各々に小さな穴を複数あけ、樹木から染み出る樹液を細いパイプで一ヵ所に寄せ集め、それらをさらに太いパイプに移し原料タンクに送り込んで貯蔵するのです。

　その貯蔵タンクの樹液は、タンクの底に設けたバルブの開閉によって適量ずつ釜に移して、一釜ごとのバッチ作業で煮詰めて適当なところで製品タンクに移します。製品タンクからは、底のパイプから製品を流し出し手作業で瓶に充填し、メイプルシロップとして販売しているのでした。

楓の幹を利用して作った樹液採取の人形

一方、併設されたレストランでは、出来たてのシロップとパンを販売しているので、好みに合わせて食事ができるのです。このようなことは、日本にいたのでは絶対に再現できない貴重な体験でした。

　この工場やレストランは、閑散としていて観光客が大勢来るわけでもなく、口コミで知ったカナダ人や近所の人たちが利用している程度であり、大々的に商売をするような気配は全く感じ取れませんでした。

　1年に1回だけのチャンス^(注2)であるので、集まった人たちは少数ながらも、未だ残雪が多くある寒い早春の一時を楽しんでいました。

（注₁）：（その1）、（その2）、（その3）部分は、1990年の作文です。

（注₂）：楓の樹木が活動を開始するのは1〜3月頃ですが、この時期は樹液が凍結すると幹が割れてしまうので、樹木は自衛として樹液に糖分を含ませ凍結を防止しているのです。したがって、この時期以外にはシロップはつくらないのです。

5．モスクワ市内の乳児院を慰問

　これは、1992年2月11日に「モスクワ市南区第17乳児院」を慰問した時に持参した手紙の全文です。紙おむつ2000枚の手荷物運賃は、約400万円（紙おむつ10万枚購入できる[注2]）でした。

主任医師：マトベーエワ様

1992年2月11日
某社研究開発部門
部長：小林久男

拝啓
　先日、私が在日ロシア大使館にお伺いした折に、第17乳児院の貴職から在日ロシア大使館員に宛てた、貴乳児院への支援依頼のお手紙を拝見いたしました。
　これを、弊社の丸田社長に報告したところ、次回の訪莫時に弊社が開発した紙おむつを持参しお届けするよう指示されました。
　世界中どこの国にも不幸な子供さんたちはいらっしゃ

いますが、特に激変・混乱している貴国の国情から見て、貴国の子供さん方に心から同情申し上げると同時に、貴職のようにその子供さん方を肉親以上に可愛がっておられるご様子に敬服いたしました。

　現在、弊社は、ロシア共和国のノボモスコフスク市に在るノボモスコフスク・ビットヒムという洗剤会社に対して、技術支援を無償で行っています。

　それはよりよい洗剤をより安く、国民の皆さんに使っていただけるようにするための支援です。そのような訳で、私はこれからノボモスコフスク市へ行くところですので、貴乳児院に立ち寄らせていただきます。

　日本はおかげさまで世界一の繁栄をしていますが、約40年前には大変苦しいときがありました。その時、日本国民は一生懸命頑張りましたが、米国などの国々がいろいろと支援をして下さいました。

　一番大切なことは、困っているところへは愛の手を差し延べ、支援することでありそれが人道だと思います。

　貴国におかれましては、今が苦しいときでありましょうが、近い将来は必ず立派なお国に変革されて行くものと確信しています。

　貴乳児院の子供さんのほとんどは、ご両親の顔さえ知らない子供さんも多いと思いますが、幸いなことはここで働く職員の方々のお慈悲が子供さん方に伝わって、両

親を恨むことなく他人に愛情を捧げられる素直な人に成長されると思います。

　貴乳児院の子供さんを含め子供さん方が、将来のロシアを背負っていく大切な方々です。

　職員の皆さん、ご苦労なお仕事ですが子供さん方のために頑張って下さい。今日持参した紙おむつ^(注2)は、弊社が開発した吸水ポリマーを使用していますので、吸水力が大きく数回の排尿でも漏れないし、肌が爛れることもありません。弊社からの心ばかりの贈り物（紙おむつ2,000枚）ですが、子供さん方のお役にたてば幸いです。

早々

（注₁）：乳児院のスタッフの皆さんは、紙おむつの贈り物に感謝して下さいました。また、スタッフの案内で、室内にある子供たちの遊び場などを見学させてもらいました。子供たちは、おもちゃや絵本で楽しそうに遊んでおり立派な乳児院でした。私が乳児院を訪問した当日は、雪は降っていませんがどんよりと曇った寒い日でした。この時期のモスクワでは、このような天候が続くことが多いようです。

(注₂)：モスクワの第 17 乳児院訪問時の写真

写真1の説明：乳児院のスタッフとのミーティングでは、物資不足で悩んでいるのが感じ取られました。しかし、そのスタッフの努力の甲斐があって、乳幼児たちはきれいな衣服をまとい、院内にはおもちゃや絵本などもたくさんあり、立派な乳児院でした。
写真の右端が、マトベーエワ女史です。

写真1　乳児院のスタッフとのミーティング

第1章 海外だからできた体験

写真2の説明：モスクワでは、紙おむつはある程度普及しているようですが、品質は相当に悪いようです。この紙おむつは、吸水ポリマー入りであり尿漏れはなく肌触りも良いので、他の乳児たちもきっと喜んでくれると思います。

私は、自分の子供におむつをあてがうことはなかったのですが、この日は紙おむつをあてがう実演をしました。

写真2　紙おむつをあてがうところ

写真3の説明：どこの国の子供たちも同じですが、外で遊ぶことが大好きです。特に、モスクワの冬は厳しい寒さですが、子供たちはそれにめげず喜んで飛び跳ねていました。

写真3　乳児院の外で子供さんたちと

(注 3)：乳児院へ紙おむつを持参するため、某航空の手荷物として持ち込みましたが、追加運賃として約400万円を請求されました。

追加料金をクレジットカードで支払う予定でしたが、この金額の大きさにはびっくりしました。

私はファーストクラスの利用者であったので、ビジネ

スクラスやエコノミークラスの人たちよりも手荷物の重量（容積）枠は多かったはずですが、それは焼け石に水であって役には立たなかったのです。

某航空では、乗客が個人の手荷物としてクレジットカードで大金を支払うのは珍しかったのか、私の身元確認をするのに 30 分以上を要しました。

やっとのことで確認が取れたようでしたが、既に飛行機の出発時刻は経過しており 10 分ほど遅れて出発したのでした。

もし、この運賃で紙おむつを購入したとしたら、約 10 万枚の紙おむつが買えたと思います。換言すれば、2,000 枚の紙おむつの手荷物運賃は、100,000 枚の紙おむつの購入金額とほぼ同額だったということです。大量の荷物を安く送る方法は、船便や航空貨物などいくつかあることは知っていましたが、当時のソ連では物を確実に目的のところへ届ける方法は、持参して直接手渡しするしか他に方法がなかったのです。

しかし、支援物資を手荷物で運ぶ場合、運賃の割引か免除などの配慮があれば、もっと支援の輪が広がっていたかもしれないのに残念なことでした。

(注 4)：余　談

私は、当時の某航空の株主でしたが、個人的なことで

腹が立っていることがあります。

　私の現役時代は国内外の出張が多かったので、株主優待券（国内用）の入手を目的に私と家内とで、某航空の4000株の株主になっていました。10年間ほどは優待券の恩恵を多少受けていましたが、ところが何年か前に、経営の不祥事で企業は破綻し株価は暴落してしまったのです。最終的には1株が1円か2円になってしまいましたが、まさか株主の権利が奪われることはないだろうと、そのままにしておいたらいつの間にか、株券は消えてしまい株主でなくなっていたのです。

　これは、国が公的資金を注入するに当たっての国策で、詐欺師まがいのことをさせたのだとしか思えません。

　今後ともに、某航空は国の支援と元株主の大きな犠牲によって立ち直れたことを決して忘れてはならないのです。

（注$_5$）：（注$_1$）、（注$_2$）、（注$_3$）、（注$_4$）部分は、2016年10月に追記しました。

第1章 海外だからできた体験

６．モスクワ市内の乳児院からの礼状

尊敬すべき小林様

モスクワ　第17乳児院

主任医師　マトベーエワ

　モスクワ市内　南区第17乳児院に住んでいる孤児たちに対するご配慮を有り難うございました。

　現在のように、私たちにとって困難な時期に、本当に必要としている人道的援助の手を差しのべて下さいましたことに深く感謝いたします。

　私たちの小さい子供たちに使い捨てのおむつを持ってくるための時間と労力とお金を見つけて下さったことにとても感動いたしました。これによって私たちの仕事は楽になり、私たちの心が明るくなりました。

　私たちは、いつも貴方様のことを思い出しています。貴方様は、その崇高な行為と私たちに寄せられた深い関心とで私たちの心を打ちました。それは、私たちを助けようとする心からの真心が伝わってきます。

　乳児院の子供たちと職員一同は、心からお礼を申し上げます。

敬具

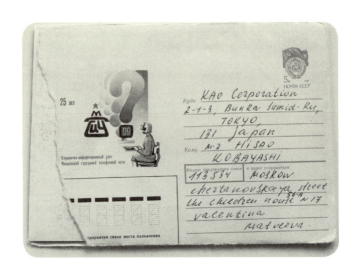

乳児院からの礼状の封筒（原文は省略）

(注₁)：この部分は、1992年4月頃にマトベーエワ女史が発信した封書です。

(注₂)：乳幼児たちは立派に元気に巣だったか
　　　私が乳児院を訪問したとき、職員の方々は両親や社会から見捨てられた乳幼児たちを我が子同然にかわいがっておられ、大切に養育されている姿には感心したのでした。
　　　現在は、私が彼らにお逢いしてからもう25年が経過しているので、当時の乳幼児たちは当然のことながら立

派に成人し、良い家庭（女性の結婚年齢は 20 歳くらい）を築き我が子を大切に育てていると思います。

また、彼らは乳児院での楽しかった生活を忘れずに、職員の皆さんを本当の母親だと思って心から感謝しているに違いありません。

私は、彼らに二度とお逢いすることはないと思いますが、今でも何かの折には彼らのことが頭をよぎるのです。今思えば冗談だった思いますが、マトベーエワ女史から子供たちを誰か貰って欲しいと頼まれましたが、私にはどうすることもできませんでした。

マトベーエワ女史にしても、実現の困難さは承知の上であったと思いますが、子供たちを思う親心で幸せに育ててくれる里親が欲しかったのだと思います。

しかし、国境を越えての養子縁組ということになれば、一歩間違えれば人身売買にもなりかねないから、厳しい審査や手続きが必要になるだろうし、本当にそれが子供たちのためになるのか分からないから、即答できなかったのは当然のことだったのかもしれません。

（注$_3$）：（注$_2$）部分は、2016 年 10 月に追記しました。

7．乳児院から新聞社イズベスチャーへ 救済の投稿

新聞社　イズベスチャー　御中

モスクワ　第17乳児院

主任医師　マトベーエワ

　私たちは、現在の改革、ならびに、それに続く物質的および精神的な貧困化の恐ろしい混迷の中で、毎日のパンについてのみならず、社会から見捨てられた人々の運命についても考えることのできる皆様に呼び掛けたい。

　他人を理解し、援助することのできる皆様！　今こそ、かつてなかったほど、援助が必要なのです。

　病気の小さな子供たちや比較的健康な孤児たちが援助の手を待っています。お母さんを知らない2週間から3～4歳までの子供たち。

　モスクワ市南区第17乳児院では、子供たちは、清潔で、静かな、充分に設備の整った快適な環境に住んでいます。彼らの面倒を見ているのは、人生経験を積んだ、熟練した医師や保母たちで彼らを愛しています。

　わが国には両親が生きているのに、多くの孤児がいる社会のことを容認しているのですから、子供たちにも喜

第1章　海外だからできた体験

びを与えてやらなければならないのではないでしょうか。

　百人の子供たちが、その発育に必要な条件、なじんできた生活環境を奪われようとしています。

　何故なら、乳児院は間もなくその存在を続けていくことができなくなり、子供たちを食べさせ、着せ、玩具を買ってやることができなくなるのです。

　子供たちに対して社会が優しくしてくれ、教会、支援団体、個人の慈善活動によって援助の手が差し伸べられていた時代は去りました。流行は去っても生活は続けなければなりません。

　子供たちは、破産した国家にとっては、高くつくようになりました。これからの子供たちのために、彼らの将来と乳児院の未来のために、私たちはどんなかたちでもいいから、助けて下さいとお願いします。

　彼らに必要なものは、食べ物、及びそれらを手に入れるためのお金です。

　私たちの所に訪問した人たちは、たとえば、国際孤児施設協会（ＦＩＣＥ）の会長であるラソン博士は、私たちの孤児院は、内容的に世界レベルにあると褒めて下さいました。

　また、日本の会社、花王㈱の小林氏は、子供たちの精神的発育には清潔と美学は大きな影響を与えるし、環境は子供たちの知的発達に影響を及ぼすとおっしゃいました。

61

ベニスから来られたイタリアの保険機関の人たちは、我が職員一同の働きを褒めて下さいました。

　今のところ、孤児院は職員一同の熱意とこれまでの蓄積によって支えられていますが、この蓄えもいよいよ底をついてきました。

　今のところ私たちは暮らしていけます。でも、私たちは皆様にご援助をお願いしお待ちしています。

（注₁）：原文の添付は省略します。これは、マトベーエワ女史が、私に「写し」として送ってくれたものです。

　　　　その理由は、投書文の中に私のことを記載したからだと思います。

（注₂）：乳児院のスタッフの方々は、親のいない子供たちのためにあらゆる手段であらゆるところに支援を求めている様子が窺われます。

第2章

道楽と自然観察

1. 別荘地の予定が農地から梅園へと変転した

　定年退職後は、田舎暮らしをするために別荘地を購入しようとしましたが、悪徳不動産屋の詐欺に遭ってしまったのです。

　その不動産屋は、千葉県夷隅郡岬町（現・いすみ市岬町）で営業していた某不動産でした。

　結果的には、不動産屋とは無関係な他人の土地をこれが売地だと見せられ、登記簿も確認しないまま購入代金のほぼ全額を支払ってしまったのです。

　この詐欺被害の後処理は容易でなかったので、全ての手続きを弁護士の先生にお願いしました。

　この不動産屋の被害者は十数人いたようでした。早ければ差押物件は多少あったようですが、私は被害に遭ったと気づいたのが遅かったので、差押物件は不動産屋の社長が所有する農地とその裏側にある山林しか残っていなかったのです。農地と山林だけが残っていた理由は、農地は原則として農業者でなければ購入できないことと、山林はその農地を通らないと入れないからでした。

　農業者でないものが農地を取得するには、農業委員会

から農地購入の「適格者証明書」を取得することが前提条件になります。

　また、それを取得するには厄介な手続きが必要になるので、この農地は誰も差押えなかったのです。

　私の依頼した弁護士の先生も、農地の差押えは得策でないと言っていましたが、構わずに農地と山林とを差押えてもらいました。

　致し方がなかったので差押えた農地と山林とを競売にかけ、その入札に私が参加して一番札で落札しようとしたのです。

　しかし、私は農業者でないので競売に参加するためには、競売開始日の前日までに適格者証明書を入手することが必須条件になっていました。

　そのために、農業委員会という訳のわからない役所相手の作業でしたが、何回も足を運んでご指導を頂きながら、全ての計画書を自力で作成しました。

　その概要は、農地と山林とを併せて観光梅園にすることを目的にして農地転換をすることにしたのです。

　その理由は、南房総は温暖な気候と美しい海と山に囲まれ恵まれた環境に立地しているので、観光梅園には好立地だと考えたからです。

　梅は昔から「梅歴」と言われたように、梅の花の咲くのを見て春を知ったのだそうです。梅は早春（房総では

第2章　道楽と自然観察

2月上旬から下旬）に咲き、春を告げる花として多くの人たちに親しまれてきました。

　梅はバラ科の落葉樹で中国原産ですが、平安時代には多くの人に愛培されたといわれるくらい日本人好みの花といえます。

　また、これからの高齢化社会に向け、お年寄りが快適な生活をしていくには、自然とのふれあいは極めて重要であり、それは近代的な設備を完備した人工の施設で満たされるとは限らないし、そのような施設の建設には資金面で特定地区に集約されているのが実情です。

　それ故に、小さな観光梅園は、地域に密着した憩いの場所を提供できると同時に、当計画のような小規模なものでもそれらの集まりをマクロ的に見れば、南房総地域として大規模な観光資源として発展させることができます。

　差別化された観光梅園のアイデアの一つとして、花を眺め香りを楽しむのみでなく、梅樹に接し花に触れて自分の手で花びらや花弁の観察が自由にできるようにすることであり、それによって自然界の神秘が再確認されればお年寄りはもとより、小さな子供さんにとっても貴重な体験になるので、ぜひこの計画を実現させたいと考えたのです。

　これからの高齢化社会に向けての観光開発は、ライフ

スタイルの多様化に対応して、それに追従できるような多様な施設や地域開発が望まれるところです。

昨今は、各家庭へガーデニングが急速に浸透してきており、近代社会で快適な生活をするためには、自然環境とのふれあいがいかに重要であるかを証明しています。

したがって、差別化された観光梅園へのニーズはますます増大するものと確信しています。

科学と経済の高度発展は、ライフスタイルや感性を変化させ「ものの豊かさ」から「心の豊かさ」を求めるようにシフトしています。それ故に、風情のある観光梅園は地域社会に受け入れられるものと確信しています。

さらに、アクアラインの開通と千葉県内の交通アクセスの拡大整備や、上総アカデミアパークの機能拡大によって、観光はもとより学究都県としても発展するものと思われます。

以上のような内容を盛り込んで、「適格者証明申請書」（約50頁の計画書と図面）を作成することにし、一週間と何日かの徹夜作業でやっとのことで完成させることができました

某裁判所と某農業委員会のご厚意と、私の奮闘努力の甲斐があって入札日の前日までに適格者証明書は入手できたので、入札に参加して目的の土地を購入することができました。

寒村地帯の農地については、その耕作者の高齢化が急速に進んでいるので、耕作者不在の遊休農地はますます増大しつつありますが、その農地でさえも農業者以外のものは原則として購入できないのが実情です。

　最近は、農業経営の合理化やライフスタイルの変化で、都会の若者や定年退職者および都心の一般企業が、農地を取得して野菜工場などの経営に参画するようになってきました。

　これらを一層推進させるためには、農地法に関連する諸手続きの簡素化などの再検討が急がれるところです。

(参考)：農地取得から農地転用完了までの経緯

1．適格証明申請書

　　(1) 1998年9月16日に申請書を提出

　　(2) 1998年10月16日に許可書を受領

2．工事完了報告書

　　(1) 2000年4月10日に申請書を提出

3．転用事実確認証明書

　　(1) 2003年4月10日に証明書を法務局へ提出

4．登記申請書

　　(1) 2003年4月14日に登記済となった

完了までに4年7ヵ月を要した

(注)：役所仕事で苦労した

　最近は、役所の窓口の対応は親切になっていますが、仕事のシステムは旧態依然としているので、いくつかの窓口をたらい回しするような状況は未だ改善されていません。

　特に、農地法に関連する部署間ではそれが著しいのです。一つの用件を処理するのに、複数の窓口を訪ねないと仕事が進まないのです。

　それが同じ役所内であればまだよいですが、県庁とその出先機関とかで、全く方向の違う場所では、一日がかりならまだよいほうで、日を改めて出直すということもありました。

　これは、業務の責任分担が不明確なのに加えて、業務内容を理解していないとしか思えないような担当者もいたからです。

　そのために私が千葉県庁に出向いて、業務を速く推進させるようクレームをつけてやっと動き始めるという状態でした。

　役所仕事を改善するには、役所のシステムを変革する他に方法はなさそうです。

２．ヤマ道楽にはまっている

話の経緯を説明すると長くなるので割愛しますが、私は平成10年秋に、ひょんなことから不本意にも、房総の片田舎の農地とその地続きの山林（面積比は同程度で合計約4500㎡）を買う羽目になってしまったのです。私は、その農地と山林を総称してヤマと呼んでいます。

そのヤマまでの道のりは、自宅から車で片道約２時間（約70km）を要すという辺ぴなところです。

また、このヤマから５㎞くらい離れたところが九里浜の南端になります。

千葉県内の道路整備の特徴は、車が多く走る市街地の道路整備は非常に遅れ、車が余り走らない郊外の県道や農道は不思議とよく整備されていることです。

したがって、ドライブを楽しむなら、このような辺ぴなところほど好立地といえますが、自宅から出掛ける日帰りのヤマ仕事の立地としては極めて不便なところです。そのような訳で、やむを得ずヤマには小さなユニットハウスと農機具を保管する物置を設置し、最低限の生活とヤマ仕事ができるように環境を整備しました。

このヤマへは、１〜２週間に一度くらいの割合で出掛けてはヤマ仕事に汗を流し、夕方は美しい自然を肴にビールを飲んでいたのです。

ユニットハウスを設置

　取得した当時のヤマは、杉の木と竹や雑木が密生し荒れ放題であり、さらには不法投棄のごみの山があるなど見るも無残な姿でした。
　そのために、ヤマの整備作業が最優先課題となり、まずは境界を画定することが急務でした。そこで、境界の利害関係者に立ち会ってもらいましたが、山林の境界は極めて曖昧なもので、このあたりだとか、その樹木が境界だとかで明確にならなかったのです。しかし、後々のこともあるので測量を依頼することにし、後日利害関係者に再度立ち会ってもらい境界を画定したのでした。
　これでヤマの境界が画定できたので、早速不法投棄の

第2章　道楽と自然観察

　ごみ処理と山林の整備をするために、作業通路を設ける整地作業を業者に依頼しました。

　続いてブッシュの刈り取り、竹の間引き、杉の木の間伐と枝打ち作業などは自分で実施することにしました。

　ここの竹藪の部分は、元農家の屋敷跡で古井戸や祠やイチョウの大木があり、このイチョウの枝打ちだけは手に負えなかったので業者に依頼しました。

　伐採作業に対する「労働安全衛生規則」の能書きは以前に随分と勉強しました（労働安全コンサルタントの資格を取得しました）が、命綱を着けての実作業は生まれて初めての経験であり怖い思いも同時に体験できました。

　それにしても、危なっかしい作業の繰り返しの賜で、やっとのことで境界までが見通せるようになり、広々として風通しも良くなりました。

　枝打ちや伐採作業は危険な作業ですが、この作業をすると周囲が見違えるように広く明るく変化するので非常に楽しいものでした。

　それに対して厄介な作業は後処理で、大量の杉枝、竹、伐木などの処理でした。これらの作業は一人では容易に運搬できなかったので、近場に複数個所に分散してまとめて置き、半乾きしたものから焼却処分にしました。

　このような焼却（どんど焼きのような）が許されるのは、山村地域の特権のようでありストレスの解消には

もってこいです。

　伐採材の太いものは、ベンチやアズマヤの材料として使用する都合があったので、直ちに適当な長さに切断して樹皮を剝いて自然乾燥させたのです。

　これは大変重要な作業で、伐木のまま数日が経過してしまうと樹皮が剝きにくくなるし、樹皮を剝さないと樹皮と木質部の間に虫が巣をつくり食い荒らされてしまうからです。

　後日、今度は大工に変身して、ベンチや手抜きのアズマヤ（屋根なし）を作りましたが、丸太の二つ割りや梁にする丸太の持ち上げには随分と苦労しました。

手抜きのアズマヤ

第2章 道楽と自然観察

　また、町道に沿って約120ｍの長さにわたり、カイズカイブキの生け垣を設けたので、伐木の先端部分や手頃の太さの竹は柵にも利用しました。

　杭を長持ちさせるために、埋め込み部分の表面を炭化させ、それ以外の部分には防腐剤を含浸させたのです。

　私は、これらの雑作業に約一年半を費やしましたが、実作業日数に換算すれば半年程度であり、自分では短期間でよくできたものだと自画自賛しています。

　それというのも、私は信州の田舎で育ち、子供のころに農林業の手伝いをしたからだと感謝しています。

　一方、農地は元々田んぼでしたが、荒れ果てて雑草が背丈ほどに繁茂していたので、雑草を刈り取って梅林にするつもりで、昨秋から今春にかけて梅樹を植えました。

　一部は畑にして、ほうれん草、じゃがいも、さといも、さつまいも、枝豆、蕎麦、かぼちゃ、すいか、大根などをつくりましたが、手入れ不足で雑草に押されてしまい出来ばえは良くなかったのです。

　しかし、すいかと大根はよくでき、すいかの二つ割りを随分食べました。

　大根は大部分が残ってしまい今春は大根の花畑になってしまいました。

　また、このヤマに来るようになってからは、近所の農家の方々と懇意にお付き合いをさせてもらっており、

75

時々珍しい農作物などを頂きながら農業指導も受けているのです。

左側が山林で中央が作業用の通路、右側が畑

　梅林の方の雑草は、物理的な刈り取りでは雑草の生長に追いつかないので除草剤を散布しました。これはものすごい効能でした。また、異常な猛暑と日照りで梅樹を10本ほど枯らしてしまったのです。

　ヤマに来た時には、梅樹に散水すればよいことは判っていましたが、水道の蛇口から100ｍ以上も離れていては、水をバケツで運搬するしか方法はなく、バケツでは「焼け石に水」だと諦めた罰で、懐が痛むことになってしまったのです。

第2章　道楽と自然観察

　要するに植樹した梅樹は、完全に根付くまで雑草を残し表土の乾燥を防止することが重要であるということが分かったのです。

　それにしても、雑草の生命力はもの凄く、刈り取ったところの雑草は来るたびごとに生長しており、生産性のない草刈り作業の繰り返しです。

　ただ、このヤマで自慢できることは自然環境が良いことです。

　早春には鶯の鳴き声や蛙の鳴き声、春には梅や八重桜に藤の花、初夏には蛍や紫陽花の花、夏には蝉やトンボに向日葵の花、秋にはススキや萩、山紫陽花の花、秋から冬にかけては澄み切った綺麗な星空など、年間を通して四季折々の素晴らしい自然が敷地内で存分に満喫できることです。

　このような山の美しさは、何物にも代え難く命の洗濯ができるので、私にとってヤマは非常に楽しい憩いの場所になっているのです。

　しかし、家内や子供たちは全く興味を示さないばかりか、ヤマに行かないので労働力不足に悩まされながら、また一人で自然の美を満喫しながら黙々と山仕事に励んでいます。

　とはいっても、内輪話をすれば、私はこのヤマのために大きな財政負担を強いられ、また家内からは「ヤマ道

楽」だといわれているのが実情です。

　しかし、それをいちいち気にしていたら道楽はできないので、ただ無頓着で無責任になりきることに徹し、これが俺の山だと「お山の大将」になっていれば、懐は少々寒くても最高の気分になれるので、年齢も省みずヤマ道楽にはまっているのです。

（注₁）：この部分は、2001年の作文です。

（注₂）：とんだ珍客に果実を失敬された

　　　　ユニットハウスの周りに果物をつくろうと、いよかん、ブドウ、キュウイの苗を植えてみました。

　　　　いずれの木にも実がつくようになりましたが、食べごろになるとその数が少なくなってくるので、誰かに盗まれたのかと思っていましたが、あるときブドウ棚の下にはブドウの皮と種が大量に落ちており棚のブドウの実は皆無になっていたのです。

　　　　近所の人の話では、それはハクビシン（ジャコウネコ科の動物で、鼻から頭にかけて白い筋がある）の仕業だと教えてくれました。

　　　　ハクビシンの被害を防止するには、果実に袋を掛けても、網を張っても駄目で、犬を飼うしか方法はないとのことでした。

そういえば、この近辺では大きな柿の木はたくさんあるのに、柑橘類やブドウの木がないという理由がやっと分かりました。

しかし、キュウイだけは、不思議と被害に遭わなかったのです。

このヤマは、まだまだ自然が残っている辺鄙な田舎です。

（注₃）：果実はハクビシンの餌になっている

ハクビシン対策を近所の人に尋ねたところ、罠（トラバサミ）を仕掛けることがよいと教えてくれました。早速、近くのホームセンターで購入（販売は禁止されているようですが、田舎のホームセンターでは販売していました）しましたが、私は当地には定住していないので、無断侵入した人畜に危険があってはいけないと思い仕掛けることを諦めました。したがって、これら果実はハクビシンの餌になっているのです。

（注₄）：（注₂）、（注₃）部分は、2006 年 10 月に追記しました。

3．旬の竹の子

　春は草木が一斉に芽吹き、花が咲き昆虫たちは花の香りに誘われて活動を開始します。また小鳥たちも、さえずりながら飛び交うなど素晴らしい季節です。

　特に新緑の頃は、いろいろな山菜がそれぞれの適地に力強く芽吹き、旬の食材が豊富に採取できる最適な時期です。

　山菜やタラの芽・竹の子などは、旺盛な生命力を持っていることから、不思議な力を持った食材として、昔から健康増進や不老長寿に効能があるとして珍重されてきました。

　昔の人は生活の知恵として、いろいろの芽の出る頃に各々の芽の最適採取時期を見つけ出し、その時期に採取したものを「旬のもの」として好んで食してきたようです。

　食材となる植物の中でも、芽の生長が一番早くて旺盛な生命力を持っているのは、何といっても竹の子だと思います。

　竹の子に対する、栄養学上の知識は持ち合わせていませんが、とにかく竹の子は「旨い」の一言に尽きます。

　竹の子はカロリーが少なく、食物繊維、カリウム、ビタミン類が豊富であり、うまみ成分の中には脳の老化を防止する成分も含まれているようです。

　現在では、竹の子といえば孟宗竹の竹の子に代表され

ているようですが、歴史的に見ると孟宗竹は江戸時代の初期に中国から渡来したといわれているので、日本古代の竹は「笹竹」や「真竹」を指していたものと思われます。

　真竹の竹の子料理といえば、何といっても味噌汁で食すのが最高です。食感といい味といい、その旨さは食べた人でないと分からない優れものです。

真竹の竹の子

　真竹の竹の子の採取方法は、孟宗竹の竹の子の採取とは根本的に異なっており鍬などの道具は要りません。つまり、真竹の竹の子は、地上に少し顔を出したばかりの若いものでも、根っこの部分は硬いのでほとんどの人は

食べません。

　そのために、竹の子が膝の高さくらいまでに生長するのを待って、折れるところから折って料理するのです。

　一方、孟宗竹の竹の子は、根っこの部分が旨くて食感もよいので、地上に出始めた頃の若いものが特に好まれ、採取の最適時期といわれています。

　したがって、孟宗竹の竹の子は、採取時期が遅れてしまうと根っこの部分が固くなってしまうので歯の弱い人は食べられなくなってしまいます。

　それに対して、真竹の竹の子の場合は根っこの部分は食べないので、少々生長し過ぎても折れるところから採取するので採取期間は多少長くなります。

　不思議なことに、真竹の竹の子は孟宗竹の竹の子と違って、灰汁抜きの必要がないというのが大きな特徴です。

　つまり、真竹の竹の子は採取したら直ちに料理ができるので、陽気の良いときには竹藪の中で採れたての「竹の子汁」をすすることができるのです。

　南房総に所有する我が「ヤマ」の竹藪では、毎年６月の初旬から中旬にかけ真竹の竹の子が相当量採取できるので、ヤマの自然を眺め鶯の鳴き声を聴きながら「竹の子汁」をすするのを今から楽しみにしているところです。

　（注）：この部分は、2002 年の作文です。

４．モノはためし

　何年か前に、黄えびね蘭の鉢植えを頂きました。しかし、当時は、えびね蘭のことは全く知らなかったので、管理方法を教えてもらおうと園芸店を訪ね、蘭に詳しい店員さんから、管理方法を丁寧に教えて頂いた記憶があります。

　また、その時には、手間暇のかかる厄介な作業であるなという感じを持った記憶も残っています。しかし、当時は教わったような手間暇のかかる厄介な管理は続けられそうになかったので、とりあえずのつもりで庭の片隅（みかんの木の下）に地植えにしたのです。

　えびね蘭といえども、元々は山野に群生していた野草であろうから、地植えにするのが自然の姿であると勝手に決め付けたのです。

　気のせいだったかもしれませんが、地植えにしたら葉の色艶も良くなり、それが２年目には２芽に３年目には４芽というように増え続け、今年は30芽くらいに増殖しました。

　毎年、４月上旬から５月中旬にかけ可憐な花を咲かせ、庭を明るくして目を楽しませてくれています。しかし、花には香りがないのが残念です。ところが、一昨年は突然変異でこげ茶色の花に白色の花弁が入った変種が１芽

現れ、昨年はそれが2芽になり今年は4芽に増えました。

　山野草の図鑑で調べてみましたが、同一と思われる種類は見つからず、類似していると思われる花の中にニオイエビネ（オオキリシマエビネとも言うらしい）がありました。どちらのエビネの方が優れた品種なのか分かりませんが、この増殖の凄さからいっておそらくこれは悪い遺伝かもしれません。しかし、これが悪い遺伝であったとしても新種であれば素晴らしいことです。

黄エビネからの突然変異

　機会があれば、えびね蘭の専門家に写真判定でもしてもらおうと思っているところです。

　顧みれば、もらった黄えびね蘭を鉢植えのまま管理し

第2章 道楽と自然観察

ていたら、おそらくとうの昔に枯れてしまっていたであろうものが、地植えにしたおかげでネズミ算式に増え続け、突然変異も現れるなど新しい発見ができたのです。

　新芽の発生は、平均的に見て1株から2芽でるので、指数関数的に増えていくのです。これは、我が家の庭隅の諸環境が、えびね蘭の生育に適応していたのかもしれません。

　それにしても、これほど安易かつ安全な地植え法を、園芸店では何故教えてくれなかったのか不思議でなりません。

　おそらく、地植えにすれば容易に移動できないので、せっかく開花した可憐な花を室内で観賞できないという不都合さを気遣ってくれたのかもしれませんが、安全な生育方法の一つだということで地植え法を教えてくれてもよさそうなものでした。

　蘭の専門家でないので真意のほどは分かりませんが、実は、地植えこそが蘭をネズミ算式に増殖させるノウハウなので、秘密にして教えてくれなかったのかと疑いたくもなります。

　以上の如く、えびね蘭を安全に増殖させる秘伝を公開したので、手抜きで蘭を増殖させたいと思う御仁は是非お試しあれ。但し、これは我流の経験則ゆえに責任は持てません。

(注)：この部分は、2010年の作文です。

5．ふる里の珍味

　庭の松盆栽の小枝に、足長蜂が巣を作り始めました。

　蜂の類は優れた予知能力の持ち主で、巣を作ろうとする場合にはその年に起こりそうな天変地異を予測して、彼らにとって安全かつ最適な方位や場所を決めるのだと言われています。

　蜂の巣を眺めていて思い出したことは、子供のころに悪童たちと山野を駆けまわり、蜂の巣狩りをして遊んだことです。

　地蜂（地元ではスガレ蜂という）の巣は特殊な方法で探し当てて捕獲し、軒下にあった足長蜂の巣は蜂に刺されながらも竹棒で捕獲し、その蜂の子を茗荷の葉で包み蒸し焼きにしたり炒めたりして食べたものでした。

　終戦直後の食糧難のころは、山間の地域では「蜂の子」や「蚕のさなぎ」などは貴重なタンパク源として重宝がられ、炒めるなどして多くの人々が好んで食したのでした。

　当時、長野県は群馬県と並んで養蚕が盛んであったので、ほとんどの農家では稲作と並行して蚕も飼っていました。米は年に１回の収穫ですが、蚕は食欲旺盛で大量に桑を食べるので成育がはやく、年に３〜４回は繭の収穫ができ農家にとっては有り難い現金収入源になっていました。そのため、蚕のことを「お蚕様」と呼んで

いました。

　繭を出荷するときには出荷前の検査をするので、その時にはねられた潰れたものや汚れた繭は自家用として利用していました。それらの繭からは、生糸を取り出し機織りして絹布に加工して、布団や袢纏の生地として使用していました。そのために、さなぎが大量に出たのでした。

　私の故郷は、長野県の駒ヶ根市です。当地は、西側には中央アルプスの木曾駒ヶ岳が、東側には南アルプスの仙丈ヶ岳がそびえ、その合間を天竜川が北から南に流れている伊那谷の中間に位置しています。

　今でも大自然の雄姿は昔と全く変わっていませんが、多くの原野や田畑は観光施設の用地や宅地などに転換され続けており、自然環境や街並みは子供のころの記憶とは比べものにならない変貌ぶりには驚かされます。

　現在では養蚕農家は一軒も残っておらず、蚕のさなぎなどは見る影もないようですし、蜂の子の捕獲量も減少しているようです。

　これは、人間が自然環境を破壊してきたので蜂の類が減少してしまったのか、あるいは蜂の巣を捕獲するような物好きが減少してまったのかは知る由もありませんが、今では蜂の子を大量に加工することが難しくなっているようです。

　蜂の子の加工業者の対策は、蜂の巣の捕獲を趣味にし

ている個人や農家などと事前に買い付け予約をしておき、必要な時に経済的な加工分量を確保するとのことです。

　食用にする蜂の子の種類は、一巣あたりの蜂の子の収量が多い地蜂がほとんどであり、捕獲の時期は巣の中に蜂の子が一番多く育っている夏場が適時です。

　巣から取り出した蜂の子は、炒め加工などして直ちに食べるのが一般的ですが、長期間の保存や商品化のため、缶詰にして販売もしています。

　しかし、その数量は極めて少ないので、販売している店舗を探すのに一苦労するのが実情です。

　私にとって、ふる里の珍味といえば何といっても上手に炒め加工した蜂の子です。ところが、蜂の子を食べたという話をすると、大方の人はゲテモノ食いだと言いますが、この味覚こそが「知る人ぞ知るふる里の珍味」であり酒の肴には打ってつけの一品なのです。

　この缶詰を購入するチャンスがあれば、是非とも幾缶かを購入したいと思っています。

（注₁）：この部分は、2013 年の作文です。

（注₂）：特殊な方法とは

　　　　地蜂は、子育ての時期には餌を求めて忙しく飛び回っ

ているので、好みの餌を用意して蜂の来るのを待ち受けるのです。

地蜂が好む餌は、その当時は蛙の股肉であると聞かされていました。

蛙の股肉を骨ごと適当な長さの棒に取り付け、その棒を立てておくと運が良ければ数分で地蜂が飛んできます。

その蜂は、一生懸命に蛙の肉を食いちぎり肉団子にして巣に持ち帰ろうとするので、その時に小さくちぎった真綿を肉団子と一緒に銜えさせます。つまり、真綿の先を「こより」のように細くし、蜂に気づかれないように肉団子と一緒にこれを銜えさせるのです。

地蜂が飛び立てば、その真綿を目印に蜂の後を追いかけて巣を見つけるのです。しかし、蜂は寄り道をしないで巣の方向に直進するので、足元に注意しながら追いかけないと怪我をすることになります。

見つけた巣は、見失わないように目印の棒などを立てておきます。

次の作業は巣の捕獲ですが、小さな巣の場合は大きく育てさせるために自宅の庭などに移し替えるので、蜂を殺さずに捕獲することが重要です。そのために、特殊な煙幕を手作りします。

それは、硫黄分を多めにした煙幕（炭の粉末に硝石と

硫黄の粉末とを適当に配合する）を2～3本つくり、煙幕に火を点けたものを巣穴に突っ込むのです。

巣の中には、亜硫酸ガスが充満するので地蜂は一時的に動けなくなります。その蜂を袋にいれ、殺さないように巣と一緒に持ち帰るのです。その巣は自宅の庭の適当なところに元通りの形で埋めこみ、中に蜂も入れておくのです。

数時間たてば、蜂は元気を取り戻し新しい場所を自分の巣の場所だと思い込み、活動を開始し巣を大きくしてくれます。

当時の田舎では、宅地の面積が100坪以上という農家が多かったので、庭の適当なところに安全に巣を置くことができました。

地蜂は割合おとなしい性質なので、悪戯をしない限り刺されることはほとんどありませんが、狭い庭先ではやはり危険です。

（注₃）：（注₂）部分は、2016年10月に追記しました。

6．野鳥たちを撮る

　膝痛とのお付き合いもあって、ここ数年間は出不精気味になっているので、外出のきっかけにしようとミラーレスカメラと交換レンズを調達しました。

　カメラは何台か持っていますが、野鳥などを撮影するにはレンズ交換が可能で、ミラーレスカメラのような軽量のカメラが欲しかったのです。

　自分の体力に見合った山野や自然公園に出向いて、じっくりとカメラを構えていれば四季折々の山野草や野鳥たちにも出会え、運がよければ彼らの珍場面にも遭遇でき、思いがけない写真も撮れるだろうと考えたからです。

　ところが実際の撮影現場では、ほとんどの野鳥たちは警戒心が強く動きは極めて機敏ですから、もたもたしていると絶好のシャッターチャンスを逃がしてしまうのです。

　そのようなことは最初から分かっていたはずなのに、その場に直面してみて足腰の屈伸が素早くできないことの不自由さが一層恨めしく思われるのです。結局は、近間の花とそれに群がる昆虫や、熟れた果実を目当てにやって来る野鳥たちが被写体になってしまうので、出不精の解決には到っていません。

　この近辺で見かける可愛い野鳥たちは、メジロとシジュウカラぐらいだと思っていましたが、昨秋は珍鳥が

現れ熟れた柿の実を啄ばんでいる姿を見かけたのです。これを撮影しようと準備をして待つこと数日、幸運にも珍鳥が現れ可愛いらしいポーズをつくってくれたので、タイミングよく撮影することができました。

すまし顔の"コゲラ"

　早速、図鑑で調べると「コゲラ」（キツツキ科）であることが分かりました。思わぬ余禄としては、メジロ、シジュウカラ、スズメ、ヒヨドリ、ムクドリ、オナガが口を大きく開け、柿の実にかぶりついている物凄い姿も撮影できました。これからも、楽な態勢で撮影できるような穴場と、都合のよい被写体とを探し続けたいと思っ

ています。

（注₁）：この部分は、2015 年の作文です。

（注₂）：超望遠レンズで野鳥を撮る

高齢になると、歳を重ねるごとに身体のあちこちに不調が出てくるもので、今日元気だから明日も元気だという保証はないのです。

それを承知の上で、野鳥を撮るために、今まで欲しくても買えなかった超広角レンズ（10 ～ 24 mm）と超望遠レンズ（100 ～ 400 mm）とを思い切って購入しました。超望遠レンズには、強力な手ぶれ防止機構が組み込まれていますが、カメラを持ち続けていると予想以上に重たくてハンドリングに難儀しています。また、野鳥などを撮影しようとしても、400 mmのときのレンズの画角は約 4 度と狭いので、目的の被写体に照準を合わせるのか難しく四苦八苦しているところです。

2016 年 12 月、船橋市内にある「ふなばしアンデルセン公園」へ行った時、水辺でカワセミ（カワセミ科の鳥で、川辺に住み水中の小魚を捕って食う）を見つけたので、これを撮影しようと待ち受けました。待つこと約 30 分、カワセミが飛来してきて水辺の樹に止まりました。鳥は

もの凄く眼がよいので、直ちに水中の獲物を探し当て水中に飛び込んだのです。

カワセミがエビを捕まえた

カワセミに照準を合わせている間に、カワセミは既にエビを捕獲してきていたのです。この一連の行動は、私には速すぎたので撮影することはできませんでした。しかし、捕まえてきたエビをくちばしで転がすようにして、噛み殺そうとしている珍しい姿の瞬間を撮影することができました。
急いで追跡しながらの撮影でしたので、手ぶれの写真になってしまいましたが、グッドタイミングで撮影するこ

とができました。

このような写真は、今までに撮影したことはなかったので、自慢の一枚になりました。

超望遠レンズでの撮影には三脚の使用が常識ですが、後期高齢者にとっては超望遠レンズと三脚とを持ち運ぶのは重すぎるので、日頃は三脚なしの手持ち撮影をしています。したがって、素晴らしい撮影チャンスがあっても手ぶれで失敗してしまうのです。

先の短い人間が、無駄なものを購入したものだと笑われそうです。

（注$_3$）：レンズの画角とは

写真を撮る場合、撮影距離が同一でも使用するレンズの焦点距離が異なっていると写る範囲が異なります。この写る範囲を画角と言い、写った画面の対角線方向の範囲を角度で表示しています。

したがって、広角レンズのように焦点距離の短いものは画角が広く、焦点距離の長い望遠レンズは画角が狭いということになります。

ズームレンズは、そのレンズの焦点距離の範囲内で画角を自由に選択することができます。

（注$_4$）：（注$_2$）、（注$_3$）部分は、2017年1月に追記しました。

7．カマキリの誕生

　我が家の庭で、カマキリを見かけることは珍しいことではありませんが、最近では都会で見かけることは珍しいかもしれません。

　カマキリは、カマキリ科の昆虫で、その特徴は頭が正三角形でありそれぞれの頂点の部分に口と眼を配置したような形をしています。

　両前足は鎌型に曲がっており、刃に相当する部分は鋸状になっています。この鎌で、昆虫などを捕まえて食べるのです。

　今年の春先に、みかんの木の小枝にカマキリの卵というか卵が入っている巣を見つけました。

　カマキリが卵を産み付けるところを見たことはありませんが、おそらく卵を産み付けるときに卵と同時に発砲剤の基になるような液体を出すのだと思います。

　卵の巣の外観は薄い焦げ茶色で、丈夫な断熱材のようなもので覆われているので断熱効果や防水効果は抜群であり、外敵からも卵を守れるような構造になっています。見つけた巣は未だ孵化する前であったので、孵化するところを観察してみようと、日当たりが良くて見やすいザクロの木の小枝に移し替えることにしました。

　その巣は、みかんの小枝を抱きかかえるように付いて

いたので、それを大事に取り外し、同程度の太さのザク
ロの木の小枝に、枝を抱きかかえるようにセットして接
着剤で貼り付けました。いつ孵化するか分からないので、
庭に出るたびに注意して見守っていたところ、5月の初
旬の朝9時ころ庭に出たときに、孵化が始まっているの
を見つけたのです。

　早速、写真撮影をしながら観察していたところ、2〜
3時間でほぼ全部の卵が孵化したようでした。孵化し始
めの時間が分からないので、トータルで何時間を要した
かは不明のままです。

　卵は細長いので、産卵のときに薪を束ねたような形で
並べて産み付けられていたらしく、幼虫が出てきた穴は
巣の片面に集中していました。つまり、蜂の巣の穴のよ
うに出口の向きが揃っていたのです。

　これは孵化したときに、幼虫が安全かつ容易に出られ
るように考えてつくられており、自然の営みの凄さには
感心するばかりです。

　巣は、昨年の晩秋から初冬の間につくられたと思われま
すが、半年間もの長い冬眠であったにも拘わらず、孵化す
る時間はほとんど一斉であり、数時間で全部が孵化してし
まうのですから孵化する時間の正確さには驚かされました。

　このような光景は、初めての観察でしたが本当に神秘
的なものでした。

孵化して巣からでてきたカマキリ

　巣から続々と孵化してきたカマキリは、お互いに絡み合って垂れさがったり、近くの枝に渡ったりしていましたが、未だ不安定なよちよち歩きでした。

　孵化した蜘蛛の類は、糸によって互いに絡み合ってぶら下がっているのを見掛けますが、カマキリの場合は糸ではなく足と足とを直接絡み合わせてぶら下がっていたのです。カマキリの習性なのかどうか不明ですが、ほとんどのカマキリは頭を下にしてぶら下がっており、下のカマキリが上のカマキリの身体に足を絡めているようでした。3匹くらいがぶら下がっていたので、一番上のカ

第 2 章　道楽と自然観察

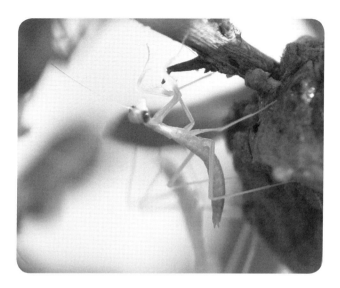

枝に渡ろうとしているカマキリ

マキリは自分の体重の 2 倍くらいの重さを釣り上げているのです。生まれたばかりのカマキリにとっては、非常に大きな負荷が加わっていることになります。

　彼らは、当面何を食べて生長するのか、観察したいことはたくさんありましたが、私の体調が優れなかったので今回は諦めることにしました。

　その小さなカマキリの特徴は、体はわずかに透明がかっており、色は黄色で眼は黒く、触角は非常に長くて体長の半分くらいの長さでした。

　彼らが成長するまでに、どのくらいの確率で生き残っ

99

ていくのか、あるいは天敵が何であるのか不明ですが、全部が大きく育って欲しいものです。

　成長すれば、体の色は草木の葉っぱの色と同じようになるし、立派な鎌を持っているのできっと強く生きていけるものと思います。

　今、庭で見かけるカマキリは、あの時に孵化したカマキリの仲間かもしれません。

　(注)：この部分は、2015 年の作文です。

第3章

失敗と災難は先触れがない

第3章　失敗と災難は先触れがない

1．税関で捕まったライカの顕微鏡

　押し入れの中のガラクタを片づけていたら、長い間忘れ去られていた骨董品に近い光学顕微鏡が出てきました。木製のケースには、ライツ社の仕様書が添付してあり 1913 年と記載してあります。しかし、この顕微鏡は昔から我が家にあったものではなく、私が 10 年くらい前にロシアへ出張した時、モスクワ郊外の泥棒市（フリーマーケット）で購入したものです。

　その当時、私は顕微鏡に興味を持っていなかったので購入の動機は定かではありませんが、ライカのカメラは何台か持っていたので、おそらくライツ社のブランドに惚れ込んで無条件で購入したものだと思います。

　ところが、気まぐれでこの顕微鏡を購入したものの、ロシアから日本に持ち出すのに大変な苦労をしたので、私にとっては苦い思い出のある大切な宝物になっています。

　それというのは、旅行日程を終え帰国しようと顕微鏡をぶら下げてシェレメチェボ空港まで行ったのはよかったのですが、出国時の持ち物検査でこの顕微鏡が税関に捕まってしまったのです。

その理由は、購入を証明するレシートがなかったことと、骨董品を海外へ持ち出すための許可証がないという二点でした。

　そこで私は税関職員に対して、この顕微鏡はモスクワ市公認のフリーマーケットで購入したものであり、ここでの購入品に対してはレシートがないということは万人が認めていることだと主張しましたが聞き入れてもらえなかったのです。

　仮に、レシートを持っていたとしても、個人が私物を勝手に販売しているフリーマーケットでは、メモ程度のレシートしか出さなかったと思われ、そのようなものを税関職員に提示したとしても、購入したという証明にはならなかったと思います。

　一方骨董品に関しても、骨董品は百年以上経過した古くて価値のある物品を言うのであって、この顕微鏡は普通の顕微鏡であり骨董品には該当しないと抗議しましたが無駄な抵抗でした。

　購入した時期も悪かったのです。つまり、当時のロシアはソ連邦が崩壊してから数年は経過していましたが、ソ連邦が崩壊した以降の経済混乱期では、ロシアのマフィアがどさくさに紛れて大活躍し、帝政ロシア時代の国宝級に近い美術品や骨董品を盗み出し安く販売したために、その盗品が大量に海外へ流失した時期であったからです。

その影響が未だ尾を引いていたらしく、税関での持ち物検査が非常に厳しくなっていたのも事実のようでした。

しかし、冷静に税関職員の立場になって考えれば、レシートの無い古い顕微鏡は本当に購入したものか、あるいはどこかで盗んできたものかの判別ができないのは当然であり、私が分の悪い状況にあったことは事実でした。

それにしても、この程度の顕微鏡（当時はそれほど古いものだとは思っていなかった）までが骨董品に該当する可能性があるなんて夢にも思っていなかったし、仮にそのようなことを事前に察知していたら、打つ手はいくつかあったので全くの不覚でした。

余談になりますが、聞くところによれば、ロシアでの税関職員との上手なネゴの秘訣は、相手の様子を窺いながら一対一でネゴをすることだそうです。

ロシア人とのネゴでは、役人であろうが一対一のときは袖の下（鼻薬）の効果は大きく、不可能なことでもほとんどが可能になるとのことですが、複数の同僚がいる前では正論を主張することが多く、一旦言い出したら梃子でも動かないという頑固さを持っているというのです。

このケースの場合でも、持ち物検査の前に税関職員と上手くコンタクトしていたら展開が変わっていたかもしれませんが、そのような情報を知らなかったばかりに捕まってしまったのです。

また、持ち出し許可証については、申請をしてから二週間くらいを要すということまで親切に教えてくれましたが、今にして思えばこれが何らかの暗示であったのかもしれません。

　結局のところ、私がこの顕微鏡を取り戻す手段は、滞在期間を延長して正規の手続きをするか、手続きだけをして帰国し二週間後に改めて訪莫するか、二つの選択肢しか残っていなかったのです。

　私にとっては、このいずれの場合も実現の可能性は無かったので、いくらボンドだと体裁のよいことを言われても実質的には没収されたと同然でした。

　その時は腹の虫がおさまらないまま、空港待合室で取り戻す方法（金額の問題ではなかった）をいろいろ考えてみましたが名案は出てきませんでした。

　出発の時間は迫ってくるし、最後の手段として恥をさらすことを覚悟の上で、某物産のモスクワ事務所へ電話をして力添えをお願いしてみました。

　電話に出られた方に事情を聴いて頂きましたが、厄介な話なので確約はできないが努力してみると快く引き受けて下さったのです。

　さっそく顕微鏡の預かり証を空港から郵送し引き取りをお願いしたのでした。

　某物産モスクワ事務所では、月に何人かが日本へ出張

しているので、引き取りさえできれば、日本へ持参することは容易な事だとの有り難い返事を頂きました。

私は半ばあきらめながら帰国し、その後は顕微鏡のことはすっかり忘れていましたが、数週間後に東京の某物産本社の方から顕微鏡が届いているとの連絡を頂きました。

早速お伺いし丁重にお礼を申し上げ、この顕微鏡を入手したのです。

その時は、商社の威力に敬意を表し感謝感激でしたが、今にして思えば、このような個人的な小さなことで、天下の某物産さんにまで大変なご迷惑を掛けてしまい誠に申し訳なく思っています。

以上のような経緯があって、この顕微鏡は、モスクワ空港の税関にボンドされてしまい、自分では持ち出しができなかったという曰く付きの代物です。

この顕微鏡は、添付の検査表を見ると今から約90年くらい前（1913年）に購入されたものですが、構造的には現在の顕微鏡と同一であり、倍率の異なる二本の対物レンズを顕微鏡本体のターレット式の転換器に取り付け、転換器を回転することによって倍率を瞬時に変換できる構造になっています。

おそらく現在の高級光学顕微鏡の原型と思われ、当時としては最新鋭の画期的な顕微鏡であったに違いありません。

税関で捕まったライカ顕微鏡とケース

　今から90年も前に、このようなメカニズムが既に完成していたのですから驚くばかりです。この顕微鏡の本体および木製のケースともに傷や破損が少ない（鍵の部分は壊され、本体の一部部品と接眼・対物レンズが不足している）ことから推測すると、どこかの国立研究所で大切に使用・保管されていたものを誰かが持ち出し、ケースの鍵を壊し顕微鏡の本体から一部部品を取り外し分散して換金したものと思われます。

　また、税関で捕まったことから推測しても、相当に価値のあるものかもしれないと想像していたのでした。そのようなこともあって押し入れに大切に保管していまし

第3章　失敗と災難は先触れがない

たが、それを忘れてしまっていたのです。

　したがって、押し入れの中からこの顕微鏡を見つけ出した時には、嬉しさと同時に懐かしさが蘇ってきました。

　レンズにはカビが発生していますが、機能は発揮できそうなので、そのまま使用したいと考えています。整備をすれば、おそらく新品を購入する以上の費用がかかると思われるので、しばらくはこのままにしておくつもりです。

　これからは、この顕微鏡を活用して肉眼では見ることのできないミクロの世界を覗きながら、さまざまな神秘的な挙動を観察して新しい発見をしてみたいと思っています。

（注$_1$）：この部分は、2001年の作文です。

（注$_2$）：顕微鏡の標本作り

　　　　　庭の草木に咲く、四季折々の花の花粉を採取しながら、顕微鏡の標本（プレパラート）を作成して楽しんでいます。これを作成しておくと、いつでも顕微鏡で観察することができます。

2．盆栽の趣味が奪われた

　私が盆栽を始めたのは、今から約35年も前のことです。その動機はいたって単純でマイホームを新築したとき、せめて玄関先には盆栽でも置いてみようかと、奮発して購入した松の盆栽が最初でした。ところが、一鉢でも盆栽を持つと趣（おもむき）の異なった盆栽を見るたびに、不思議とそれが欲しくなるのです。

　また、盆栽の鉢数が増えれば棚が必要になり、棚を設ければさらに盆栽が欲しくなるといった具合でした。当時はよく園芸店へ行っては安い盆栽を買い続けたので、一時は100鉢以上の松盆栽を保有していました。しかし、国内外の出張が多かったことも原因して、枯らしては補給することの繰り返しで新陳代謝が激しく、盆栽歴は長くても銘木というような代物は一鉢もなかったのです。

　長い間盆栽を続けているといろいろなことがあるもので、たまには通りすがりの人が立ち止まって盆栽を眺めてくれ、お世辞に褒めてくれることもありました。

　また、過去3回にわたって盗難（注2）にも遭いました。逃がした魚は大きいと言いますが、一番大切にしていた鉢が数鉢盗まれたのです。

　よさそうな鉢ばかり盗むことからして、単なる悪戯ではなく盆栽に詳しいものの仕業だと思いますが、そのたびにどこ

第3章　失敗と災難は先触れがない

玄関横に並べた松盆栽

かで大切に育ててくれていればよいがと願って諦めました。

　ところが、数年前に致命的なダメージを受けてしまったのです。それは初秋の昼下がり、私が買い物をして帰宅したところ、玄関先で盆栽の枝を剪定鋏で切断している老女を見つけたのです。

　その時は既に40鉢以上の盆栽の枝が全て切断され丸坊主になっていたのです。松は他の樹木と違って、2年目以上の古枝を切断すると脇芽がほとんど出ないので、丸坊主に枝を切断されたことは致命的なダメージです。

　老女は一人住まいの精神障害者のようで、前々から隣近所でコソドロを働いたり、自転車のタイヤを千枚通しでパンクさせるなどの常習犯でしたが、警察では精神障

害者ということで逮捕できず（保健所の管轄になる）、近所では手を焼いていました。

　そのため、自衛以外に防御手段はなかったのですが、この事件をきっかけに保健所がやっと重い腰を上げ、老女を病院へ入院させたのでほっとしていましたが、同時に私の「趣味の盆栽」もすっかり熱が冷めてしまいました。

　この事件で、松の命と盆栽の趣味は奪われましたが、人間の命までは奪われなかったので不幸中の幸いと諦めています。

　身寄りのない精神障害者が犯した罪は罰せられず、弁済もしないという現行の刑法は、被害者の立場からすれば何とも釈然としないものです。

丸坊主にされた松盆栽

第3章　失敗と災難は先触れがない

（注₁）：この部分は、2003年の作文です。

（注₂）：盗まれた盆栽は、十数年後に近所の家にあるのを発見
　　　　したのです。犯人と思われる人物は、盗品を人目につ
　　　　かないところに隠して置いたようですが、数年前に彼
　　　　は亡くなったのです。そこで未亡人が、盗品とは知ら
　　　　ず（？）に盆栽を公道から見えるところへ移動したの
　　　　で発見できたのです。盗品と思われる鉢が、5鉢ありま
　　　　した。
　　　　　ある程度年数の経った盆栽というものは、5年や10
　　　　年が経過しても樹形を大きく変えることはできないの
　　　　で、盗まれた人がその盆栽を見れば即座に自分のもの
　　　　であったと分かるのです。
　　　　　無論、盗難前に撮影した盆栽の写真には、記録が残っ
　　　　ているので盗品であることは間違いないのです。
　　　　　しかし、近所でもあるし、おそらく盗品だということ
　　　　を知らなかったとも思われるので、事情は話さず時効
　　　　だと思って諦めています。

3. 医療ミスが原因で南房総の土地を売却

　ひょんなことがきっかけで、南房総に土地（約4,500平方メートル）を取得したのは今から十年以上前のことです。

　私はこの土地を「ヤマ」と命名しました。ヤマでは、四季折々に多くの山野草や野鳥も観察することができ、蕨、ぜんまい、タラの芽、山ウド、真竹の竹の子、せり、みょうが、ふきなどの多くの山菜が収穫できます。

　また、梅林の梅の実も大量に収穫できたので知人にも差し上げてきました。

　気候のよい時期には、月に2～3回くらい泊まりがけで出掛け、草刈りや樹木の伐採や枝打ちなどのヤマ仕事をするのが習慣になっていました。

　ヤマには、山の幸ばかりではなく、イモリやマムシなどが生息しており、スズメバチの巣もあるなど危険との隣り合わせです。

　昨年は草刈り作業中に、ブッシュの中にあったスズメバチの巣を壊してしまい、怒った蜂に手首を二ヵ所刺されるという災難にも遭ってしまいました。

　しかし、スズメバチの方がもっと大災難であり驚いたに違いありません。

　ヤマの夜は特に星空が美しく、初夏にはホタルも飛び

交うなど自然環境が素晴らしいので非常に気に入っていましたが、３年前（2005 年）のある事件からヤマの存在がお荷物に感じるようになってしまいました。

その理由は、某大学医学部付属某病院の新米女医（中国人）が、船橋市内の某病院へ週に１回派遣されてきており、たまたま運悪くそこで新米女医の診察を受けてしまったのです。

病名は網膜はく離なので直ちに手術をしないと失明すると脅され、その某大学病院でこの女医の手術を受けましたが、手術は失敗し今まで正常に見えていた左眼が失明してしまったのです。これは医療ミスが原因だと確信していますが、素人にはその証明ができないので未だに泣き寝入りの状態です。その時の医療記録のコピーと担当教授の説明内容と会話の内容はほとんど録音したので、後々の参考にするつもりで保管しています。

この事件があってからは、雨降りや夕方以降は車の運転はしないし、長距離運転も控えるようになってしまったのです。

夏場のヤマは、２ヵ月間も放置しておくと雑草が繁茂してしまいエンジン付きの草刈り機でも刃が立たなくなってしまいます。ヤマへ行く回数がめっきり減って、ヤマの維持管理が滞ってしまったのでヤマの売却処分を決意しました。

梅園と生長し始めた梅樹

　地元の不動産屋に土地の売却を相談してみましたが、この時期に田舎の土地を買おうという人は極めて少ないとのことでした。
　しかし、不動産屋に依頼してから1年くらい経過して、昨秋やっと買い手が見つかり幸いにも売却することができたのです。
　この時期ですから、投資金額を回収できるような金額ではありませんが、このヤマのおかげでお金には代えがたい貴重な体験や道楽が10年間も続けられたことを思えば、これでよかったと感謝しています。
　この土地を購入して下さった方は、東京都内在住の自営業者でSL機関車に興味を持っており、ボランティア

活動として近隣の子供たちに夢を与えるようなSL公園を計画中とのことです。

　本業の合間に、SL機関車の部品の一部分を製作中で、休日には油圧ショベル（建機）を自分で運転して土地の造成をするそうです。

　気が遠くなるような話ですが、ご成功を祈りつつ、ヤマが素晴らしいSL公園に変身することを願っています。ヤマよ、十年間有り難う。

（注$_1$）：この部分は、2008年の作文です。

（注$_2$）：2015年の頃だったと記憶していますが、土地を買ってくれた方からＳＬ公園は完成しているので是非見てほしい旨の連絡を頂きました。私にとっては懐かしい場所ゆえに、行ってみたいと思っていますが、車の運転はできないし足腰の状態も優れないので、未だに現地へは行けず申し訳なく思っているところです。

4. 喫煙の付けが回ってきた

　2015 年 7 月の船橋市の健康診断で、肺癌の疑いがあると診断されました。

　それは、痰検査の結果からであって、レントゲン写真だけでは左肺の下葉の一部分は心臓の陰になっていて映らないので発見できませんが、両方の検査結果のおかげで、肺癌の疑いが分かったのです。そこで、肺の CT 検査をしたところ、癌の疑いがますます強まってしまったのです。

　健康診断を受診するときには、市が実施する健康診断だからそれほど信頼性の高いものではないだろうと直感的に思っていましたが、それは極めて軽率で失礼な判断であったと反省しているところです。

　その場で、船橋市立医療センターを紹介していただいたので、早速手続きをしたのでした。しかし、船橋市立医療センターには PET 検査の設備がないので、この設備のある某病院で検査が受けられるように手続きをしてくれました。

　PET 検査の結果が出たところで、船橋市立医療センターで CT 検査、気管支鏡検査、病理学的検査などを受診しました。

　その結果、左肺の下葉部分に扁平上皮癌のあることが

判明したのです。

　私はヘビースモーカーであったので自業自得だと諦めていましたが、医師の先生から肺癌だと宣告されたときには正直なところ驚きました。

　その病期は「ⅠＡ」に該当し、初期段階ですから手術がベストだと勧められたのです。病期がⅢＢ、Ⅳ期へと進行すると、手遅れで手術はできないようです。

　知人にもアドバイスを求めてみましたが、手術に賛成、反対の両方の意見があって結論は出ませんでした。

　最終的には自己責任で手術を受けることにし、10月中旬に左肺の下葉の全摘出手術を受けたのです。

　左右の肺は、左肺が上葉・下葉に２分割され、右肺は上葉・中葉・下葉に３分割され、各々の「葉」はほぼ同一の大きさとのことです。つまり、左肺の下葉の全摘出によって肺機能は約20％減少してしまいました。

　健康な人であれば、この程度の減少では日常生活に支障はないようですが、私の場合は肺気腫を併発していたことや体重が7kgも痩せてしまったことの影響は極めて大きく、入院中でも入浴やリハビリ時には息苦しさがあり酸素吸入が必要になってしまったのです。

　したがって、退院後は自宅に据え置き型の濃縮酸素発生装置を設置し、その濃縮酸素をポリエチレン製の細いチューブで引き込み、鼻にカニューラを付けて吸引する

ことになったのです。

　自業自得だとはいえ、とうとう紐付きの不自由な日常生活の始まりになってしまいました。

　しかし、退院して数ヵ月後からは体力も徐々に回復(肺気腫は今の医術では直せない)してきたことや、毎日1～2時間程度のハーモニカ演奏による呼吸法の訓練で、効率的な呼吸法が身についてきたこともあって、日常生活では据置型の濃縮酸素発生装置は不要となりましたが、通院などの外出時には安心・安全のために携帯用酸素ボンベのキャリーバッグを引き歩いています。

　さらに、体力が回復し効率的な動作が身についてくれば、携帯用酸素ボンベも不要になるかもしれませんが、しばらくの間は安心・安全のためにも酸素ボンベは使用したいと思っています。

　昨年の後半からは災難続きで、私が退院して間もなく家内が脊髄の圧迫骨折をしてしまい、続いて義父(104歳)の死亡など悪いことが連続して起こってしまいました。

　今年も、夫婦共々に病院通いが日課になっていますが、このような中でも家内は調理をすることが趣味なので、いつものようにバランスのとれた食事をつくってくれており、おかげで体力は順調に回復・改善しつつあり有り難く感謝しているところです。

　早く厄払いをしたいと願っています。

（注1）：この部分は、2016年の作文です。

（注2）：在宅医療機器サービス会社の価格設定は高すぎる

酸素吸入のための、濃縮酸素発生装置と携帯用酸素ボンベの使用については、医師の診断に基づくので、病院が某在宅医療機器サービス会社を紹介してくれました。

ところが、医療費が3割負担のために月額の使用料は5万円弱になってしまいました。患者の立場からすれば、生命に関わることなので致し方ないと諦めてしまいますが、どう考えても不適切な価格設定だとしか思えません。

濃縮酸素発生装置に限って言えば、これは空気中の酸素を濃縮するだけでの装置であって消耗品は何も無いのです。

厚労省は、このような医療サービス業界が決めている価格設定の内容を、徹底的に調査・分析し価格の適正化を図ってもらいたいものです。

ちなみに、運動選手がよく使用している酸素缶（小型の酸素ボンベ）は一缶500円くらいです。新品の酸素缶の噴射時間は、連続の場合で約2分間くらいであり、一回に2秒程度の間歇使用では50〜60回くらいの使用が可能です。したがって、長時間の使用には不向き

ですが、私の場合は苦しい時でも2～3秒間隔で5～6回くらいの噴射をすれば楽になれるので、今のところは非常に経済的で助かっています。

(注₃)：私の喫煙歴（喫煙から禁煙まで）
　私がタバコを吸い始めたのは、20歳のときであり65歳になるまで45年間吸い続けていました。
　喫煙の動機は、貧乏学生が飢えと冬の寒さに耐えるためであり、その時は食事をするより喫煙した方が経済的であったからです。
　タバコを吸わない方が、もっと経済的ではないかと言われるかもしれませんが、飽食の時代に金がないために飢えが満たせない辛さは、当事者でなければ分からないのです。学生時代は、極端な貧乏生活で食事にも不自由し喫茶店さえも一度も行ったことはなかったのです。
　私が大学に進学できたのは、進学を反対していた親父を兄貴が何とか説得してくれたおかげでした。したがって、入学したときは、寮生活をすることにし布団一組と柳行李一つで家を出てきました。
　親父は授業料だけは出してくれましたが、生活費などの仕送りは全くなく帰省した時も小遣いは一度もくれなかったしねだりもしませんでした。

第3章　失敗と災難は先触れがない

そのようなわけで、衣食住の生活費と学用品や参考書などの購入費用は、全て奨学金と家庭教師のアルバイト収入で賄っていました。

しかし、それでも赤字になったときには、兄貴に何回か送金をしてもらったことがありました。

寮生活では、腹が減ったときに寮生たちは夜食をつくることが時々ありましたが、そのお付き合いも経済的にできなかったので結局は退寮し安い部屋を探して間借り生活を始めました。

本棚にしても、八百屋から木製のリンゴ箱を数個と古新聞を何枚か貰い、箱に新聞紙を貼ったものを積み重ねて本棚として卒業するまで使用していました。

学生時代は、一日に20本くらいの喫煙でしたが、40歳くらいからは一日に40本以上吸うようになっていました。

65歳で禁煙した理由は、ヤマ道楽にはまって重労働をしていたとき、労働の後に苦しくなることがあったからです。

その結果、タバコを吸わない方が楽だということが禁煙につながったのです。

禁煙しても、喫煙を繰り返す人がいるようですが、私の場合は幸いなことに、タバコを吸いたいと思ったことは一度もありませんでした。

123

喫煙が健康に悪いことは誰でも承知しているので、喫煙者は是非とも今日から禁煙を実行していただきたいと思います。

自分の健康は自分で守るしか方法がないのです。

（注4）：私は、奨学金のおかげで大学を卒業できたので、有り難かったことを思い出し、卒業後5年間で奨学金の全額を返済しました。

それは、後輩の苦学生が一人でも多く、奨学金の受給ができるようにするためでした。

奨学金を受給していた人が、卒業しても返済しないという話をよく聞きますが、該当者は後輩のために是非とも完済して欲しいものです。

（注5）：（注2）、（注3）、（注4）部分は、2016年12月に追記しました。

5．癌（悪性腫瘍）とは

Ⅰ. 良性腫瘍と悪性腫瘍

腫瘍とは、身体の細胞の一部が勝手に増殖を始め、塊となったもので「はれもの」という意味です。

これには、良性のものと悪性のものとがあります。ただし、脳腫瘍の場合には、少し事情が異なります。

脳腫瘍の大部分のものは良性ですが、近くの脳細胞を圧迫して、その働きを阻害するため腫瘍の部位に応じた頭痛、まひ、などの症状が起こってきます。

腫　瘍

悪性腫瘍：細胞が無制限に増殖して、周囲の正
（癌）　常な細胞を破壊し、いろいろな部
位に転移して生命に危険を及ぼす
腫瘍を悪性腫瘍といい、癌がその
代表です

良性腫瘍：皮膚にできるイボやホクロ、脂肪腫、
消化管に発生するポリープなども腫
瘍ですが、ある程度増殖しても速度
は遅く、周囲の細胞の破壊や移転は
しないので、これらは良性腫瘍と呼
ばれています

Ⅱ. 悪性腫瘍のいろいろ

（1）肺には、扁平上皮癌、線癌、未分化癌のいずれも
　　 発生します。

悪性腫瘍
癌腫　①扁平上皮癌：肺癌、皮膚癌、食道癌など
　　　②線　　癌　　：肺癌、胃癌、乳癌など
　　　③未分化癌　　：肺癌、甲状腺、どこにでも

肉腫　①肉　　腫
　　　②悪性リンパ腫
　　　③白血病　　　　　　　 省　略
　　　④多発性骨髄腫

Ⅲ. 治療法の違い

（1）未分化癌と、それ以外の扁平上皮癌、線癌とは治
　　 療戦略が違うため、前者を小細胞肺癌（未分化
　　 癌）、後者をまとめて非小細胞肺癌との二つに大
　　 別しています。

第3章　失敗と災難は先触れがない

肺　癌 {

小細胞肺癌：小細胞肺癌（未分化癌）は、進行が
　　　　　速く、転移も早期から認められるた
　　　　　め、手術はほとんど行いません。し
　　　　　かし、化学療法、放射線療法が効
　　　　　果的であるので、この治療方法を併
　　　　　せて治療します

非小細胞肺癌：非小細胞（扁平上皮癌、線癌）は、
　　　　　比較的ゆっくり進行し転移の発見
　　　　　も遅い傾向です。このため早期で
　　　　　は手術の対象となりますが、化学
　　　　　療法、放射線療法の効果は小細胞
　　　　　肺癌と比較すると劣ります

Ⅳ．癌の検査

（1）PET 検査

　　PET 検査とは、「陽電子放出断層撮影」のことで、
陽電子（ポジトロン）を放出する物質を用いる検
査です。特に、癌の検査では、癌細胞に取り込ま
れやすいブドウ糖に RI（ラジオアイソトープ：放
射線同位元素）を結合させた FDG という検査薬
が使われ、一度の検査で全身の癌の位置、大きさ
や、活動性をみることができる精度の高い検査です。

127

PETは、癌の悪性度や転移、再発巣の診断や治療効果の判断に有効性が高く、大腸癌、乳癌、食道癌、肺癌などの診断や治療効果を判定するのに優れています。

（2）病理学的検査

癌の診断は、癌細胞を確定することで確定診断となります。画像診断や血液検査などの間接的な証拠だけでは不十分で、物理的証拠がないと最終診断には至りません。病変部の細胞や組織を採取して、顕微鏡で癌であるかどうかを確認する検査が病理学的検査です。

①検査

採取した検体の中に一個でも癌細胞があれば、癌と診断します。

②病理組織検査

臓器組織の一部を採取して、癌化した細胞集団がないかを検査するものです。

Ⅴ．癌の治療法

癌はどの部分に発生したかよりは、どの組織型に属す

るかによって治療方法が選択されることが多いようです。

　同じ臓器の癌でもどの組織型の癌かで、中心になる治療法には手術がよいのか、化学療法がよいか違ってきます。

　そのために、治療前に、癌の病期や癌の種類が画像診断や病理組織検査によって、正確に診断され治療方法が決定されます。

（参考）：肺癌、膵臓癌の５年生存率は20％で治りにくい癌と言えます。

　　　　しかし、病期（癌の進行の程度や広がり程度を示す）によって生存率は違ってきます。

　　　　肺癌の場合、病期Ⅰでは60〜70％、病期Ⅱでは40〜50％です。病期Ⅲになると20〜30％であり、早期発見、早期治療が大切であることを示しています。

（注）：この部分は、2016年に㈱小学館の新版ホームメディカ『家庭医学大事典』を参照し作成したものです。

6. 裁判所の調停委員と専門委員になったが

　1995年12月の初めの頃であったと思いますが、日本技術士会から私のところに以下のような打診がありました。

　それは、東京地方裁判所から日本技術士会に、機械および機械設備関係の技術士を一人推薦してほしい旨の依頼があったので、貴方を推薦したいと思うがどうだろうかという内容でした。これは堅い仕事で面白くはないと思いましたが、好奇心があったのでぜひお願いしますと返事をしました。

　1996年2月頃、東京地方裁判所から私のところへ、調停委員選考の面接試験の連絡が届きました。

　裁判所の民事調停委員になるには、応募者が大勢いたらしく厳しい面接試験でしたが、何とかその難関を無事通過できました。おそらくこれは、日本技術士会から推薦して頂いたことが大きく影響したものと思われます。

　おかげさまで、1996年4月1日付けで最高裁判所から辞令を頂きました。

　委嘱の内容は、

　　　　　　民事調停委員を任命する
　　　　　　東京地方裁判所所属とする

　というものでした。

第3章　失敗と災難は先触れがない

　私は、東京地方裁判所の民事22部に所属し、主とし
て企業間の技術面での争い、例えば、ある設備を導入し
たが契約どおりの性能が出ないとか、公害問題が発生し
たとか、設備の安全装置の不備で人身事故を起こしたと
か、工事が大幅に遅延して損害が発生しているなどの訴
訟事件に対して、技術面からの信憑性を裁判官に提言す
るのが主要任務でした。

　私の専門は、技術士（機械部門）と第一種電気主任技
術者の国家資格取得者ということで登録されていたの
で、守備範囲が広くほとんど全ての産業設備が含まれて
いました。

　東京地裁第22部では、どのような訴訟事件が提訴さ
れても対処できるように、あらゆる分野の専門家（医師、
薬剤師、弁護士、公認会計士、技術士、弁理士、不動産
鑑定士、第一種電気主任技術者、一級建築士、測量士、
土地家屋調査士、司法書士、税理士、大学教授、等々）
を調停委員や専門委員として複数人ずつを揃えていま
す。したがって、どのような訴訟事件があっても全て解
決できる仕組みになっているのです。

　ここの技術関係の訴訟に登場する企業は、中小企業か
ら日本を代表するような大企業にまで及んでおり訴訟内
容も千差万別です。

　また、損害賠償金額にしても数百万円から数百億円と

いうような桁違いの金額の大事件まで広範囲の調停が守備範囲になります。

大企業の訴訟事件においては、大企業の優秀な技術集団を相手に訴訟内容の正当性を技術的に議論することになるので下準備が必要であり、事件に関連する文献や特許公報などの調査をしておくことが不可欠です。しかし、これには相当な労力と時間を要する仕事ですが、これを怠ると相手方に太刀打ちできなくなるので怠ることはできないのです。

これは調停委員だけでなく、原告にしても被告にしても準備時間が必要になるので、同一事件の調停のインターバルは裁判所、調停委員、原告、被告の都合を調整しながら約１ヵ月間空けるのが一般的であり、長い訴訟事件になると解決までに１年以上を要するものもあります。

この業務を実施してから２年が経過したとき、裁判長から今までの業務実績を評価して頂いたのか、1998年４月１日付けでさらに専門委員の辞令を重ねて最高裁判所から頂きました。

委嘱の内容は、

　　　　　専門委員を任命する
　　　　　東京地方裁判所所属とする

というものでした。

第3章　失敗と災難は先触れがない

これは、職務内容が前述の調停委員とは多少異なり、相手側の技術面の主張に対して、疑問や間違いがあれば専門的な立場から意見を申し述べ議論をすることになります。

事件の内容によっては、両者の意見が嚙みあわないこともあり、裁判官が上手に軌道修正してくれたこともありました。

特に、技術屋同士の話し合いでは、理論的な問題だけではなく技術屋の意地が出やすいので、適当な潤滑油が時々必要になりますが、その役目を裁判官が上手く担ってくれたので助かっていました。

この仕事は一応報酬を頂いているので、無報酬のボランティアではありませんが、苦労の割には報酬が少ないのでボランティアに近いものでした。

時間の経過とともに仕事にも慣れてきたし、裁判官や調停委員、専門委員の先生方とも横のつながりができてきたので、元気でいる間はこの仕事を続けたいと思っていました。

ところが、医療ミスで左眼が失明してからは、右眼に負荷が集中的に掛るようになり、視力がだんだんと低下し0.4になってしまったのです。

この仕事は、細かい活字を大量に読まなければなりませんが、視力の低下で活字が読みにくくなってしまった

133

のは致命的でした。

　このままでは、関係の方々に迷惑をかけることになるので、残念ではありましたが、2012年3月末日付けでこの仕事を辞めることにしました。

　しかし、この仕事を通じて得たものは、今まで知らなかったことを多く学んだことであり、お金には代えがたい貴重な体験ができましたので大変感謝しているところです。

　なお、この15年間の調停委員の奉職に対して、2012年3月22日付けで東京地方裁判所所長から「表彰状」を頂きました。

（参考）：経緯を時系列的にまとめると以下の如くです。

1996年4月	東京地方裁判所民事第22部の調停委員の委嘱
1998年4月	東京地方裁判所民事第22部の専門委員の委嘱
2005年8月	某大学病院の新米女医の医療ミスで左眼が失明
2010年頃から	右眼の視力が低下（視力0.4になった）
2012年3月	東京地方裁判所の調停委員と専門委員を辞任
2012年3月	東京地方裁判所所長から表彰状を頂いた

　（注）：この部分は、2013年の作文です。

7．ヤマユリが白百合に化けた

　今から30年も前のことですが、成田山新勝寺に初詣に行った時のことです。お参りを終えて、境内の露天商の売り物を眺めながらぶらぶらしていたら、地面の上にレジャーシートを敷いて、ヤマユリの球根を売っているのを見かけたので良さそうな球根を二個購入しました。

　我が家の庭にその球根と腐葉土とを一緒に埋め、冬の寒さに耐えられるように、表土の上に籾殻をかぶせておきました。

　籾殻は、リンゴを貰った時のリンゴ箱に入っていた緩衝材を有効活用したのです。そのおかげで、毎年綺麗な花を咲かせ素晴らしい香りを庭から家の中まで漂わせてくれていました。

　これが10年くらいは続いていましたが、あるときから芽を虫に食われるようになってしまい、茎が育たないことが2年続き、3年目からは芽が出なくなってしまったのです。おそらく球根が腐ったのだと思っています。

　しばらくはヤマユリを諦めていましたが、何年か後の初詣のときに以前に購入した時と同じ場所でヤマユリの球根を販売している人物を見かけたのです。

　購入するかどうかしばらく考えましたが、結局は球根二個を買ってしまったので、前回と同様にして庭隅に植

えたのです。

　ヤマユリは山地や草原に生える多年草で、地中に鱗片の集まりのような球根をもっています。茎は生長すると1mくらいに伸びますが、日光の方向を向いて前かがみになり、葉は左右にのみ広がります。

　花は鹿の子模様の入った白い花で、茎の上部に数個の花を付けます。花は良い香りを放ち、非常に強烈で遠くまで拡散します。

　ユリの球根は特徴があるので、ユリの類であるのかあるいはチューリップの類であるのかは容易に判別できますが、その球根がヤマユリであるのかあるいは白ユリであるのかの種類を判別することは極めて困難です。

　ヤマユリと言われて購入した球根は、春になって芽が出始めましたが、生長の過程で茎と葉の様子がヤマユリと違うように思えたのです。

　花が咲いた時点で正体が判明したのです。案の定、ヤマユリのはずのものが、実はヤマユリでなく普通の白ユリだったのです。

　つまり、ヤマユリは前述の如くですが、この白ユリの茎はヤマユリと同程度の高さまで生長しましたが、茎は垂直に伸び幅広の葉の数は多く茎から四方八方に広がったのです。

　成田山は、遠くから来る参拝客が多いので、その場限

りの悪徳商売で安い白ユリの球根をヤマユリだと偽って販売し荒稼ぎをしていたのです。

それは、次年度の初詣のとき参道の花屋さんから、悪徳商人が摘発されたという話を聴いたので、私と同じように騙された人が大勢いたことが分かりました。

そのような訳で、ヤマユリの栽培は諦めていましたが、一昨年は船橋市の広報で市内にある「県民の森」で、ヤマユリの花が見ごろだと掲載されていたのです。早速、県民の森へ行ってヤマユリを探し写真に収めましたが、残念ながらタイミングが少し遅かったようでした。

そこで昨年と今年は、開花時期を見計らって開花時期の少し前に様子を見にゆき、撮影のタイミングを決めたのです。そのために、幾つかの綺麗な花を写真に収めることができました。

県民の森は、大変よく手入れされており、また散策をする人たちも花を大切にして眺めていたので、素晴らしい一時を過ごすことができました。

ヤマユリは、半日蔭の原野のようなところの方が、蝶が少ないので芽に卵をうみ付けにくく、幼虫に芽を食い荒らされることがないのかもしれません。

あるいは、芽が生長するまで笹や枯れ草などに保護されているので、蝶が卵を産み付けにくいのが幸いしているのかもしれません。

県民の森でのヤマユリの花

　このような近間に、こんな素晴らしい撮影ポイントがあったことを今まで知らなかったのは残念なことでした。
　来年も元気でいられたら、さらに良い写真を撮りたいと願っています。

（注）：この部分は、2016年の作文です。

第4章

ハーモニカ教室とボランティア活動

第4章 ハーモニカ教室とボランティア活動

1. 手弁当で奉仕活動を実践中

南房総に土地（ヤマと呼んでいる）を購入したので、ヤマへは定期的に通い続けています。

このヤマへの所要時間は、船橋市内の自宅を出てから約2時間を要するので、ヤマ行きの朝は6時に出発するのが習慣になっています。

夏場の朝6時は爽快なドライブが楽しめますが、冬場の朝6時は薄暗いのに加えて、寒いときには道路の凍結もあるので緊張の連続です。

ヤマへ行くルートは、だいたい決まっていて津田沼から国道14号を経て茂原街道に入り、茂原から南房広域農道を経て岬町のヤマに行きます。

道中は長いので、録音した自分のハーモニカ演奏のテープを繰り返し聴きながら演奏法の学習をしています。

道路事情は、下りになるので特別のことがない限り渋滞はほとんどなく快適なドライブです。したがって、ヤマには午前8時前後に到着します。

ヤマに到着すると、まず一服してから農作業の開始となりますが、これは重労働の連続になるので、夕方には

141

へとへとになってしまいます。

　したがって、農作業は夕方の5時頃には終えること
にしています。

　夏場は作業が終了すれば、ひと風呂浴びてから屋外に
出て木陰の涼しい風を受けながらビールを飲んで夕食を
とるのが習慣になっています。

　この時こそが、昼間の暑さと疲れを癒やしてくれる至
福の一時です。

　ここは山の中の一軒家ですから、船橋市内の自宅とは
異なり静かな別世界であり、周りに気兼ねすることは全
くありません。このような環境故に、だいたい1時間
くらいはハーモニカを吹くのが日課になっています。

　ヤマ小屋の周囲100m以内に民家はないので、ハー
モニカを演奏してもアンプを使わない限り誰にも迷惑を
掛けることがないのです。

　手前味噌ですが、このような好環境の中での演奏練習
の賜で、演奏技術も上達してきたので、ハーモニカ演奏
でボランティア活動をしてみようかと考えるようになっ
たのです。

　私自身は既に高齢者ですが、元気でいる間に高齢化社
会に受け入れられるような奉仕活動を実践することで、
今までお世話になってきた地域社会に少しでも恩返しが
できればと思い、一年ほど前からボランティア活動の実

第4章 ハーモニカ教室とボランティア活動

行を決意していたのでした。

　その活動内容をいろいろ考えてみましたが、この歳では力仕事はできないし囲碁将棋もできないので、ハーモニカ演奏ならお年寄りの方々にも喜んでいただけるだろうと思ったのです。

　ボランティア活動の大前提は、「無報酬で、旅費交通・通信費など全ての発生費用を自弁する」ことに徹することでした。

　以上のような決意をしたとき、そのようなボランティア活動の仲介・支援は、各市町村にある社会福祉協議会のボランティアセンターが担当していることを知ったのです。

　早速、地区の社会福祉協議会を訪問してみました。ボランティア活動を希望している人は大勢いるらしく、既に立派な登録用紙が準備されていました。

　準備された登録用紙に必要事項を記入し、活動内容の諸項目の中から「楽器演奏」の項目を選択し登録を済ませたのです。

　ボランティア活動といっても、金額の大小は別にして報酬・利益の確保が目的としか思えないものや、他力本願で他人に援助・支援を呼び掛けるだけの奉仕活動はよく見かけますが、自力で援助・支援を自発的に実践する変わり者というか奇特な人は、それほど多くないと思っ

143

ていたのです。

ところが、実際に登録し現場で活動してみると、現実に無報酬・手弁当でボランティア活動に汗を流している老若男女が大勢いることを知り、世の中は広くまんざら捨てたものではないと改めて感心しました。

一方、世の中には暇を持て余し、図書館などで新聞や雑誌を広げたまま居眠りをして長時間に亘って場所を占領している高齢者が居るなど、他人に迷惑を掛けているような人を見かけますが、そのような時間をボランティア活動などに有効活用すれば、お互いに楽しいものになるのではないだろうかと思っています。

私の場合は、船橋市、習志野市、鎌ヶ谷市の三市内にある老人福祉施設や福祉関連の病院などを訪問し、「ハーモニカ」で童謡や叙情歌、演歌などを演奏し慰問しています。

また、町会の敬老会やお楽しみ会などからもお声がかかり、それらの町会を訪問しながらハーモニカ演奏を続けているのです。

まさか、ハーモニカ演奏がこれほど役に立つとは思っていなかったのですが、これも「昔とった杵柄」と言うのか、今から半世紀も前の小学五年生のとき学芸会でハーモニカ演奏を体験したことの賜だと感謝しています。

しかし、子供のころは気管支が弱く、冬になると風邪

第4章 ハーモニカ教室とボランティア活動

を何回もひくことが多かったので、親父からは「ハーモニカを吹くと肺病になる」と注意されていたことが思い出されます。

福祉施設を訪問した時には、過去に体験した懐かしい想い出話などを交えながら、リクエストに応じて10曲から30曲くらいの曲目を演奏するのです。

下手な演奏でも行く先々で皆さんに喜んでいただき、涙を流しながら一緒になって歌って下さる姿を見るにつけ、ボランティア活動が実践できていることを実感しています。

時には、入居者のために施設から提供された貴重なお茶菓子を差し出し、これを食べて下さいと言われることもあり、思いやりのある優しい心に感激することもありました。次回はもっと上手に演奏しよう、もっとレパートリーを広げようと練習にも励みが出るのです。

その一方で、ある施設ではハーモニカ演奏の合間に昔話や世間話などをしたときに、「能書きはいいから、早く吹け」というようなお叱りを頂くこともありました。入居者の方々は十人十色ですから、皆さんの意見が一致しないのは当然ですが、聞き流していちいち気にしないようにしたいと思っています。

しかし、このような些細なことで腹が立つようでは、人間的に未熟な証拠でありボランティア活動をする資格

145

がないので、今後は一層の精進をしなければならないと
思っています。

　このような老人福祉施設への入居年齢は、多くの場合
60歳以上のようですが、入居者の中には超高齢者でも
元気な方が大勢いる反面、60歳台で童心に返ってしまっ
ている方々を見るにつけ、世界一の長寿国になったこと
への喜びと同時に、言葉では言い尽くせない悲哀をも感
じるのです。

　しかし、私自身はおかげさまで健康に恵まれているの
で、今後も手弁当でボランティア活動は続行したいと
思っています。

　（注）：この部分は、2004年の作文です。

２．社会貢献は難しい

　高齢化社会の将来像について、担当官庁が真面目に統計を取ってきちんと分析し対処していれば、将来像について予想外という言葉は安易に出てこないはずですが、最近は予想外という言葉が簡単に使われ過ぎているようです。

　無責任なその言葉を、そのまま使えば以下の如くです。

　予想外の速さで少子高齢化が進んで来ており、現状ではこれ以上の社会保障制度の充実は困難になってきています。

　したがって、我々高齢者は社会保障制度の充実を要望する前に、この現状の事実を認識し自分たちでできる社会貢献を見つけ出し、自らその実践に心がけることが重要になっています。

　例えば、子供のころに聞いた話では、柿の実の収穫が終わっても柿の木の梢に幾つかの熟した実を残しておくのは、自然の恵みを与えて下さった天の神様に対して、お礼のためにお供えし野鳥たちにもお裾分けするためだということでした。しかし、目先の欲望にかられて、その柿の実を取るために柿の木を切り倒してしまったとしたら、一時の欲望のために将来の実りを棒に振った愚者ということになり、それは自業自得だと言われても仕方

のないことです。

　社会貢献は、次の三つに大別できるのではないかと思います。

① 労働で社会に貢献
　　これは、賃金や報酬を得るために体力や知力を使って社会に貢献することですが、ほとんどの高齢者は若いときから真面目に働き社会に貢献してきました。しかし、体力に余力のある人は年齢に関係なく頑張り続けたいものです。
　　チャンスがあって、今までの経験や趣味が活かせるような仕事に就くことができれば、自分自身は生き甲斐を感じて一層元気になれるし、お小遣いの足しにもなって、それでいて社会に貢献できるのです。

② ボランティア活動で社会に貢献
　　今は、人生100年の時代になってきました。
　　したがって、これからの高齢者は余裕時間が増大するので、カルチャーセンターなどで学び教養を高め趣味の幅を広げるような努力が必要になります。これを実践し研鑽を積めば、素晴らしい知識や教養が身につき、これがボランティア活動の

第4章 ハーモニカ教室とボランティア活動

素地になって、福祉施設などに提供することができ社会貢献にもつながります。

③　社会に迷惑を掛けないことで社会に貢献する
　常に自分の健康管理に留意し、わがままを慎み、間接的ではありますが「社会に迷惑を掛けないことが社会貢献」ということを認識し実践することです。
　社会に迷惑をかけないこととは何か、それは他人の振りを見て我が振りを直すことです。
　外出すれば必ずと言ってよいほど、マナーの悪さが目につく社会になってしまったので、反省すべき悪い参考例は幾らでもあります。
　特に、公共施設などの利用については、利用者は自分だけでなく常に多くの利用者が居るということを念頭に置くことが重要です。

　①の場合は、社会に悪影響を与えない労働は社会貢献であり、高齢者のほとんどの人が社会に貢献してきました。
　しかし、現状では高齢者の平均寿命は延びているので、今までの経験が活かせる仕事があれば、進んで活躍することで自分の健康のためにもなるし社会にも貢献できるのです。

149

②の場合は、ボランティア活動といっても実情は賃金や報酬を伴うものが大部分ですが、私心を捨てて力を尽くしているかどうかが重要なところです。
つまり、ボランティア活動を実践するには、社会貢献を云々する前に、賃金や報酬を貰わなくても自分自身が自活できる余力があるかどうかを見極めておくことです。
これが、ボランティア活動の原点になります。

　③の場合は、社会貢献と言いながら社会に迷惑を掛けるのではなく、自分の行動や健康は自分で管理し自活することです。つまり、社会貢献をするということは、間違っても社会や集団に迷惑をかけないことです。
本来ならば、自分が受けることができる種々の社会サービスを、可能な限り他の人に振り向けることで社会に貢献しようとするものです。

　以上のように、社会貢献を実践することは難しいことですが、私自身は何らかの形で社会の恩恵を被っているので、その恩返しのためには小さなことでも、進んで実践できるように心掛けたいと思っています。

　（注）：この部分は、2004年の作文です。

第4章 ハーモニカ教室とボランティア活動

3．ハーモニカ演奏の出前

　ボランティア活動では、活動内容を地区の社会福祉協議会へ登録しておくと、あちこちの福祉施設や町会から出動依頼のお声が掛かってきます。

　活動内容に対する評価などは、福祉施設などから社会福祉協議会の方へ報告されるので、出動を依頼される頻度は活動の評価点に比例しているようです。

　しかし、活動の基本は、何といっても相手を思いやる心が大切だということです。

　ボランティア活動としてのハーモニカ演奏は、既に数年間実践してきていますが、昨年の８月に左目を失明（某大学病院での医療ミスで左目が失明）してしまったので車の運転が困難になり、ハーモニカ演奏の出前先を絞ることになってしまいました。

　しかし、公共の交通機関で容易に移動できる範囲の訪問先へは、現在でも活動は継続していますし今後も可能な限り継続したいと思っています。

　それは、施設の入居者の皆さんが私を待っていて下さるからです。演奏を終えて帰る時など、顔なじみになっている方々が玄関までお見送りに来て下さり、次回も必ず来て下さいと約束させられてしまうからです。

　また、施設によっては、皆さんが集まる広間の壁やテー

151

ブルに入居者の方々が作成した絵画や習字、人形などの作品が展示してあるので、来訪者の方々も楽しく鑑賞できるのです。それらの作品は、手抜きがなく丁寧に仕上げてあり素晴らしい力作ばかりです。

　ハーモニカ演奏を依頼されて、いちばん気を使うことは演奏曲目の選曲です。特に高齢者福祉施設からの演奏依頼の場合には気を使っています。

　同じ施設の中であっても、年齢層の違いや健康状態の程度の差異によって選曲が変わるようです。

　これは訪問した時に、入居者の話をいろいろ伺っていると、選曲に苦労をしたスタッフの方々の気持ちが分かるのです。

　初回に施設を訪問するときは、その施設の内部事情は分からないので、施設から提供された表向きの情報を基にして選曲するようにしています。

　童謡や抒情歌では、日本の四季の美しさを上手に表現している曲目が多いので選曲は容易ですが、歌謡曲の場合には人生それぞれの思いが重なる場合があるので選曲には苦労しています。

　四季の中でも、春をうたったものには溌剌（はつらつ）とした名曲が多いので選曲は容易ですし、参加者は天真爛漫（らんまん）で顔の色艶もよく一番楽しい季節です。

　私の場合は、選曲の基準は右記のように考えています。

第4章 ハーモニカ教室とボランティア活動

暖かく覆われて咲いたタンポポの花

① 軍歌や戦時下の小学唱歌、人生を儚(はかな)んだ曲目などは避けて選曲します。
しかし、逆に依頼先からこのような曲目をリクエストされる場合も多々あるので、その時にはご要望に応えて演奏します。

② 歌詞で詠っている季節や情景が演奏を予定している季節にマッチした曲目を選曲するように努めています。しかし、この場合でも季節外れの曲目をリクエストされることがあるので、その時にはご要望に応えて演奏します。

また、選曲と同時に演奏者としては、演奏を聴いて下さる方々の心に歌詞の内容が優しく伝わるように演奏方法を工夫しているところです。

　私にとってハーモニカは、ポケットに入る小さなオーケストラのような存在です。それは、ハーモニカでありながら演奏の仕方によって、あたかも管楽器や弦楽器の音に近い複数の音色が出せるからです。

　一般的にハーモニカといえば、トレモロ効果のある複音ハーモニカを指し、哀愁のこもった音色は何物にも代えがたい楽器として慕われているので、ハーモニカへの愛着は時代が変わっても脈々と伝承されて来ているようです。

　それゆえに、ハーモニカ演奏者としての心構えは、複音ハーモニカの機能を活かしながら歌詞の情景を上手に演出し、その情景が聴いて下さる方々に伝わるように演奏することです。ところが実情は、思い通りの情景や音色を演出するような演奏はなかなか難しいものです。

（注）：この部分は、2006 年の作文です。

4．どちらが先に落伍するか根くらべ

　昨年の 11 月に、船橋市社会福祉協議会主催の交流会が市内の某所で開催されました。これは、ボランティア活動をしている個人や団体を対象にした、ボランティア研修会を兼ねた交流会であったのです。

　そのプログラムの中には、日ごろ実践している活動内容を発表するための時間も組み込まれていました。

　個人の部では私がハーモニカ演奏を披露し、団体の部ではご婦人方が玉すだれの芸を優雅に披露されました。

　日ごろ福祉施設などで実施している演奏では、主として童謡や叙情歌などの曲が多いのですが、今回は対象者が異なり年齢も私とほぼ同じくらいでしたので、新曲は避けて、「純情二重装」、「人生の並木路」、「さざんかの宿」の三曲を演奏してみました。

　練習不足がたたって不満足な結果になったと反省していましたが、最後の座談会のときに、参加者のある女性グループの方から「ハーモニカの音色って、こんなに素晴らしいものだとは思ってもいませんでした」と、お世辞にお褒めの言葉を頂きました。

　さらに驚いたことは、ハーモニカの音色に魅せられて、自分たちも吹けるようになりたいとグループの仲間たちと先ほど話し合い、ハーモニカの練習を決意したの

ハーモニカ演奏の一場面（筆者）

でハーモニカ演奏の指導をしてもらえないかとの打診でした。

　これは、他人が演奏しているハーモニカを聴いていると、安易に演奏できるように思えたのかもしれません。

　どうせ、その場限りの社交辞令だろうと軽く受け止めていたし、話の成り行きとして、私は独学で自己流の演奏をしているので、人様に教えるような専門知識は持ち合わせていませんが、ハーモニカを演奏するための基礎知識程度でよければ、お引き受けしてもよいと安易に返事をしてしまったのです。

第４章　ハーモニカ教室とボランティア活動

　ハーモニカ演奏の指導の件は、口約束で承諾はしたものの、その日のことはすっかり忘れており何の準備もしていませんでした。

　また、この頃は企業の技術指導の仕事も引き受けていたので忙しかったことや、いつも通りのボランティア活動と自分の趣味や道楽のために忙しく飛び回っていたことも原因していました。

　ところが今年になってから、有志が６〜７名が集まりそうなのでハーモニカ演奏の指導をお願いしたいということと、そのためには何を準備したらよいか相談に乗って欲しい旨の連絡がありました。

　とにかくお逢いして、練習に必要なものを提示し、同一品を各自で準備してもらうことにしたのです。

　高額品であるハーモニカは、Ａ調とＣ調とを各一本ずつと譜面台（楽譜スタンド）とを揃えてもらうようカタログをお渡ししました。

　ハーモニカを近間の楽器店で購入すると、ほとんどの店はメーカーの希望小売価格であり割引は全くないとのことでした。

　７人分となると、ハーモニカの本数は14本以上になるので、割引してくれる楽器店を探したところ、神田（ＪＲの御茶ノ水駅近く）の楽器店で希望小売価格の30％引きで販売している楽器店が見つかったので、その店で

157

調達することにしました。

　有志の皆さんは非常にご熱心な方々で、練習場所も既に地元の自治会館を確保したとのことで、4月から月2回、1回2時間程度の指導をお願いしたいとのことでした。皆さんは具体的な計画を既に作成済みであり、真剣にハーモニカのレッスンに取り組もうとする姿が見えたのでした。

「瓢箪から駒が出る」とはまさにこのことかと、これは私の安易な言動が招いた結果であると反省しつつ、今後は生徒さん方のご期待に添えるよう一層の研鑽をしていかなければならないと覚悟した次第です。

　これから先、どちらが先に落伍するか根くらべの始まりとなりますが、こうなったからには私の方から先に顎を出すことがないよう努力し、さらには生徒さん方にも顎を出させないように、練習方法にも工夫をこらして行きたいと思っています。

　(注)：この部分は、2007年の作文です。

5．高齢者の手習いが才能を発掘した

　日頃ボランティア活動をしている方々が、お互いに意見交換をする場として「ボランティアの集い」が船橋市内で開かれました。そのとき、私が個人の部でハーモニカを演奏したことがきっかけで、2007年4月にハーモニカ教室を開く羽目になったのです。

　この諸準備には、ハーモニカ演奏を希望していた平均年齢が65歳という女性の方々がご尽力して下さり、そのおかげでハーモニカ教室は順調にスタートできました。その後、男性と女性の生徒さんが入会してきたので、多いときには11人になりましたが、やめる生徒さんもいたので、現在は7名です。

　皆さんの願望は、これからハーモニカの練習をして人様の前で演奏できるようになりたいという一念でした。ところが、意外なことに今までにハーモニカを吹いたことのない人が半数もいたのには驚かされました。

　口には出せなかったのですが、正直なところこれから先学習を続けていって、本当にハーモニカの演奏ができるようになるのか内心は心配でした。

　何事においても手習いの最初は、その道の基本事項を理解することが大前提になるので、ハーモニカに関しても演奏するうえで最低限必要と思われる楽譜や楽典の基

礎・基本に重点を置いて学習することにしました。

　学習方法は、ハーモニカを吹くのは後回しにして、まずは楽曲の形式や楽譜の種類などの楽典や、五線譜から数字譜への変換方法などの基本を勉強することにしたのです。つまり、楽譜が読めるようになってから、ハーモニカを吹くことにしたのです。

　学習を重ね時間が経過するにつれ、生徒さんたちは素晴らしい音楽才能の持ち主であることが、だんだんと判ってきたので当初の心配は無用であったと安堵したのです。この埋もれていた音楽才能はこの学習で一気に躍動し、それに加えて生徒さんたちの学習努力がブースターになって演奏技能を向上させたのです。

　ちなみに、学習を開始してから現在までの二年間弱の学習時間は、延べ90時間前後（夏休みが1ヵ月）ですが、今では小学唱歌から演歌まで演奏ができるまでに上達しました。

　最近では、町会のお楽しみ会や福祉施設などからもお声が掛かるようになり、ハーモニカ演奏でボランティア活動を実践し、高齢者の皆さんに喜んでもらっています。

　これが励みになって、これから先も「ボランティア活動を受ける側の高齢者ではなく、ボランティア活動を提供する側の高齢者でありたい」と願いつつ今日も練習に励んでいるのです。

第4章 ハーモニカ教室とボランティア活動

町会の敬老会で演奏

　このハーモニカ教室での指導活動を通じて学んだことは、何事にも関心を持って当たれば、当事者の埋もれている才能は必ず発掘できるということでした。

　また、これだという目標が定まった時が吉日だと決め付け、直ちに実行に移す行動力が重要だということです。

　このハーモニカ教室の事例でも、もし生徒さんたちがハーモニカのレッスンをしていなかったら、おそらくこの素晴らしい音楽才能は一生発掘されずに終わってしまっていたのかもしれません。

　ハーモニカを吹くことの効能は、楽譜を読むことによる脳の活性化と同時、心肺機能の向上および腹筋の強化

161

などでメタボ予防にも効果があるといわれています。また、憩いの一時に演奏する複音ハーモニカの哀愁のこもった音色は、吹く人にとっても聴く人にとっても心を癒やしてくれるものです。

（注₁）：この部分は、2009年の作文です。

（注₂）：60の手習い

大昔は60歳といえば老人で、これから手習いを始めようという人は稀でしたが、今では高齢者の手習いは当たり前のことです。

最近では、身近なところに音楽、芸術、文学、体育などの講座や、市民大学などで講座を開設しているので、その気になれば年齢にとらわれず勉学の道はいくらでもあります。

また、海外旅行に行くとか、オリンピック、万博など、国際的な催しがあれば、それに参加するために会話を勉強することが必要ですし、それに対応した講座はたくさんあります。

自分に適した講座に挑戦し、いつまでも元気でいたいものです。

第4章 ハーモニカ教室とボランティア活動

6．ハンディーを負ってのボランティア活動

　忘れもしませんが、心身ともに大きなハンディキャップを負わされたのは平成17年の8月(2005年8月)でした。

　それは、某大学病院の新米の某女医（中国人）から左眼が網膜剥離だと診断され、手術をしないと失明すると脅され手術をしましたが、手術は失敗して手術直前の視力1.2の左眼が失明してしまったときです。

　あわてた病院側は手探りの検査や治療を開始し、約50日間も入院させましたが残念ながら回復しませんでした。しかも、入院期間中の医療費は三割負担で全額支払わされるなど踏んだり蹴ったりの災難でした。

　手術前の新米女医の話では、手術時にはベテランの医師が立ち会うから心配ないと言っておきながら、実際には立ち会わなかったのです。

　したがって、この医療ミスはヤブ女医の過失と、そのヤブ医者を指導監督する立場にあった教授らの職務怠慢という二重の過失が原因だと確信しています。

　この医療ミスについて、その大学病院の安全課の言い草は、ヤブ医者の手術の失敗や指導体制の不備を隠し続け「不服なら提訴してくれ」と言うなど、患者の弱みと無知に付け込んだ悪質ぶりであり、傲慢無礼な態度にはただ驚くばかりでした。

ある人の紹介で、東京都内の某総合病院で手術の失敗についての診察を受けてみましたが、事実を見出すことはできなかったのです。

　つまり、眼科医だけではなくどのような専門医でも、学会や研究会などでほとんどの先生方は顔見知りで横のつながりがあったり、卒業大学が同一で先輩とか後輩の関係にあるなど、お互いに相手のミスを指摘したりミスだと証言することは絶対にしないということが分かったのです。

　残念ながら、私には事実を証明するすべがないので未だに泣き寝入りの状態です。この医療ミスのために、私は車の運転が困難になってしまったので、日常生活やボランティア活動に伴う移動手段は公共の交通機関に頼っており、移動範囲は著しく制約されてしまいました。

　昨年はこの医療事故に関し、何人かの元会社の方からお見舞いや問い合わせを頂きましたのでお礼を申し上げると同時に、敢えて以上の如く事実を述べてみました。

　さて、私の近況を報告すると、足腰が極端に弱くなり階段の昇り降りが辛くなってきていますが、歳相応に元気でいるのでハーモニカ演奏のボランティア活動は継続中です。

　これまでのボランティア活動を振り返ってみれば、家内の強力なサポートのおかげで、活動を開始してからもう11年間も継続してきています。

第4章 ハーモニカ教室とボランティア活動

ＪＲ船橋駅北口のお祭り広場での演奏

　その間に、あちこちの福祉施設や近隣の自治会からもお声を掛けていただき、多くの方々にハーモニカの演奏を聴いていただいたので有り難く思っています。

　この継続の源泉は、人と人との結びつきや出会いがあったからであり、ふれあいと信頼の輪が年々成長しつつあることに感謝しています。

　その反面、車の運転ができなくなってからは、公共の交通手段だけでは容易に行けないところにある施設へは、訪問できなくなってしまったので申し訳なく思っています。

　昨年の７月には、船橋市主催の「ふれあい祭り」がJR船橋駅北口の「お祭り広場」で催されました。ハーモニカ教室の生徒さんたちを引率して一緒に参加し、皆

165

さんにハーモニカ演奏を聴いていただきました。

　今後の活動計画は健康状態にもよりますが、ボランティア活動をさらに継続するか、そろそろ店仕舞いにするか、潮時を見極めたいと思っていますが結論を出すには少々時間が必要になるかもしれません。

（注₁）：この部分は、2012 年の作文です。

（注₂）：ハーモニカ教室の解散

　　　　2013 年 2 月になって、二人の生徒さんが家事都合でやめることになったので、これを契機に 3 月末で教室を閉めることにしました。

　　　　顧みれば、教室を開いてから丸 5 年になるし、今では生徒さんたちはどんな曲でも演奏できるところまで上達しているので、ここで区切るのが潮時であると判断したのです。

　　　　自慢できることは、良い生徒さんたちの集まりであったことです。

　　　　この間に揉め事は一度もなくいつも朗らかで、ボランティア活動にも積極的に参加していただいたので、楽しい 5 年間であったと感謝しています。

第5章

次世代を照らす大人の教養

東京スカイツリー（筆者撮影）

第5章 次世代を照らす大人の教養

1. 生活インフラのルーツと変遷

人類が出現してから今日に至るまでの間に、「衣・食・住」の物資の調達・運搬・生産と消費などの生活や交通のインフラが、どのように変遷してきたかを一般教養として復習しておくことは大切なことです。

日本列島では、人類の起源がいつごろだったのか明確になっていなかったようですが、考古学の進歩によって紀元前7000年前後には住民がいたのではないかということがだんだんと分かってきました。

それは、古い地層から発掘されつつある化石や人骨や土器などの研究が進んできたからです。

その時代の人々は、山裾や水辺に近い丘陵地帯に竪穴住居を構え、近間にある植物やその種子を採取し、あるいは狩猟によって獣肉や魚介類を捕獲して生活していました。

したがって、食材などの運搬に伴うインフラのルーツは、人類が出現した時代だと言えます。また、経済活動

169

を目的としての物資の移動であれば、物々交換が開始された時代だったと言えます。

中国大陸では、紀元前3000年前後には農耕が始まり、青銅器やそれより遅れて鉄器も普及していたようです。

そのような中国文化は、弥生時代（紀元前3〜2世紀から2〜3世紀）に朝鮮半島を経由して日本にも波及してきたので、その影響を受けて日本では農耕が始まりました。農耕の発達によって、比較的狭い地域に多くの人々が生活できるようになり、集落が拡大したことと農地の整備のために共同作業が必要となり、人々の結びつきが一層密接になって社会集団が拡大してきたのでした。

また、土器などの容器の使用によって物品の運搬や貯蔵が容易になり、食料品を煮たり焼いたり乾燥するなどして、あるいは発酵させることによって保存期間を延長することを考えだしました。

一方、ヨーロッパにあっては、紀元前3000年前後には農耕が始まり、従来までのように自然物をそのまま採取する生活から脱却して、自然物の採取に加えて種子を蒔いて穀物を自給するようになってきました。

さらには、家畜を飼ってミルクや肉を食しり、家畜の毛皮を衣服や容器に利用するようになったので、一層安定した生活が可能になりました。

そのために、今までのように飢えや寒さに脅かされる

第５章　次世代を照らす大人の教養

ことも少なくなり、定住生活が可能になり本格的な社会生活が始まりました。この時代になると、経済活動を目的として物資の移動が始まります。

　自給自足もノウハウの蓄積や熟練度の向上によって、各々の作業の生産性は徐々に向上し、収穫物に余剰が出るようになってきました。

　特に、自分の特技や立地条件に合わせて、特定のものを余分につくり近隣の部落との物々交換によって、お互いに必要な物品が入手できるようになり、社会生活は一層発展していったのです。

　ヨーロッパで、紀元前後の数世紀にわたって東西（東洋と西洋）の交流が著しく発展したのは、その幹線道路であった「シルクロード」が開通したからです。一方、海運においては紅海を経てインドに至る海路や、ローマからインドを経て中国に至る海路も開けたのです。

　また、ヨーロッパにおいては、11世紀頃からの封建社会の確立に伴い、農業生産力が向上し余剰農産物が生み出されるようになってきました。

　そのために、農業人口は手工業へと流れはじめ、同時に農業と手工業が次第に分化して、両者の産品を融通しあう流通が大きな役割を果たすようになり規模も大きくなってきました。

　経済活動の発展は、製品をつくる生産セクターと、そ

171

こに原材料を供給し完成品の輸送を受け持つ流通セクターとに分化し、商人の勢力が増大してくると、流通セクターを担当する商人の方が手工業者より大きな力を持つようになり、大きな資金力で経済全体を支配するようになりました。

当時の手工業の生産様式では、生産量も少なくまた製品の需要も少なかったので、手工業者は販売網を持つ商人の力に頼らなければならなかったのです。

日本では、商業活動が開始されたのは鎌倉時代（13世紀前後）といわれており、このころになると農耕に牛馬を使用し鉄製農具が開発され、農業技術の向上によって農業生産は著しく増大していきました。

それに伴って手工業が発展し、農・工・商業の一層の発展で通貨が流通するようになりました。

経済発展の結果は、大物量の物資の輸送が必要になり、河川・港湾などの水上交通を盛んにし、これに関連して運搬、倉庫、販売を専門にする業者が現れるなど、経済・産業はますます発展し資本主義経済の基礎を固めたのです。

水運より遅れた道路網の整備は、江戸幕府（17世紀〜）によって大いに進展し、特に五街道（東海道、中山道、甲州街道、日光街道、奥州街道）が開通すると経済はさらに拡大・充実してきました。

第5章　次世代を照らす大人の教養

それでも、大物量の輸送には水運の方が効果的であったので、水上交通が一層発展したのでした。

19世紀に入ると、自然科学は画期的な発展をとげ、科学の時代と呼ばれました。

特に、その中で産業に大きな影響を与えることになった革新的な技術は、蒸気機関（ワット）と内燃機関（ディーゼル）および電信（モールス）・無線電話（マルコーニ）の発明でした。

これらの発明とその応用技術は、交通・通信活動を変革し経済社会に大きな影響を与えながら、一層の発展を続け物質文明の基礎を築いたのです。

その応用技術開発の結果は、今まででは考えられなかったようなことを実現し、物流においては大量物資が高速で遠距離まで輸送できるようになりました。

つまり、従来までの人力や畜力による物流活動を根本的に変革したのです。

動力の応用は、陸上輸送のみでなく船舶にも応用され一層の大型化が実現でき、造船技術も向上したので大きな物流革命を起こすことになりました。

また、これらの技術は兵器にも応用され航空機も含めて、著しい発展を遂げ技術開発にしのぎを削ったのです。

20世紀に入ると交通・通信網は一層拡大・整備され、その物流手段も進歩し世界のどこへでも必要な物品を短

時間で輸送できるようになってきました。

　つまり、効率的・効果的な近代物流の手段および物流環境の基礎が整備されてきたのです。

　第二次世界大戦後の日本は、食糧難と物不足に加えてインフレと不況とのダブルパンチで深刻そのものでした。

　1950年6月に朝鮮戦争が勃発し、それに関連して大量の物資の加工・修理などの需要が急増し、その代金はドルで支払われたので、その外貨で欧米の最新鋭の設備の導入をするなど、特需景気で日本の産業は急速に発展し産業復興の起爆剤となりました。

　1955年から1965年にかけ、急速な経済成長によって物不足は次第に解消され、国民所得の増大によって生活にゆとりが出始めました。

　平成に入って、バブルの崩壊や円高の影響は外国品の調達を容易にし、消費者の購買動向に変化が出てきました。したがって、大手の製造業者や物流業者は配送の効率化のために、一部の製品を外部に製造委託し、他社製品との共同配送を実現するなどモードの転換が進展してきました。

（注₁）：これは、㈱日報　小林久男著の『物流だけで物流改革はできない』を参照しました。

2. 二十一世紀はロボットが大活躍

　昔から初夢といえば、「一富士、二鷹、三茄子」が縁起ものと言われてきました。
　何故そのように言われたのか知らなかったのですが、ある書物によると駿河の国の名物を言ったのだという説があったように記憶しています。
　富士山は日本一の名山であるし、鷹は飢えても人間がつくった稲穂は食べないという正義の王者であり、茄子はきゅうりと共に夏野菜の代表であるからだと思います。

富士山と富士五湖（筆者撮影）

　ところが、どうしたことか二十一世紀の初め（ミレニアム：millennium）の初夢は、人間以上に進化した人型ロボットの活躍状況を見たのでした。

おそらくその原因は、二十世紀末に誕生したソニーの犬型ロボット「アイボ」や、しなやかな歩行を実現したホンダの「アシモ」と、ソニーの試作機「SR－3X」などが話題になっていたので、それが脳裏に焼きついていたのかもしれません。その内容は滑稽なもので、ロボットが人間社会を変革しようとしている姿が見えたのでした。ロボットがあらゆる分野で活躍し、人間と同等に働いている姿でした。人間は疲れを感じるし、感情によって行動が変化してしまいますが、ロボットはそのようなことがないのです。

　ロボットを大きく分類すると、からくり人形から発展してきた玩具型ロボットと、人工知能を組み込んだ知能型ロボットの二系統に分類できます。

　また、ロボットには、高機能で多才なコンピューター制御装置が組み込まれているので、高精度の反復作業や3K（キツイ、キタナイ、キケン）作業などに広く用いられています。

　産業用ロボットは、工場の組み立てラインに設置されていますが、その種類は、あらかじめ設定された順序に従って作業を遂行するシーケンスロボット、溶接や塗装作業を人間の教示によって仕事を遂行するプレイバックロボット、NC（numerical control）などの数値制御ロボットなどがあります。

176

第5章 次世代を照らす大人の教養

　知能型ロボットは、人間の五感（視・聴・嗅・味・触）
に相当するセンサーを保有し、その情報を正確に処理し
て作業を遂行するものです。

　人間とロボットとの違いの定義は、「感情と想像力の
有無」だと言われていましたが、それはもう時代遅れに
なってきています。

　すでに彼らには、高度の感情機能や学習機能が付加さ
れつつあり、いずれ彼らの思考能力は備え付けられた学
習機能によって、生みの親である発明者や取扱者でも予
想できない超能力を創出し、人間以上の個性や想像力を
発揮する可能性があるからです。

　したがって、二十一世紀の人間社会は、もはや人間だ
けの社会ではなく人型ロボットの人格をも重視した共生
社会へと変革し、我々の生活環境も一変するに違いあり
ません。これが正夢であるかどうか、二十一世紀の前半
（私が生きていられる間）の結果を見るのが楽しみです。

（注₁）：ロボットは進化している

　　　　ロボットの活躍分野は、コンビニエンスストアや外食
　　　　チェーンにも広がりつつありますが、接客業に本格的
　　　　に参入するには未だ時間がかかりそうです。

　　　　一方、接客業でも超高級店などでは、お客さんへの「オ
　　　　モテナシの心」を重視しているので、ここではロボッ

トの活用は敬遠される可能性が高いように思います。

某社で活躍中の接客ロボット

最近の介護施設向けに開発されているロボットでは、人間の五感に匹敵するようなセンサーからの情報を処理して、正確に仕事を遂行する知能型ロボットが開発されています。

ロボットは、人間に代わってさまざまな作業を代行してくれる自動機械ですが、人間の腕や脚のように、手足が自由に動き多様性・汎用性のある能力を持つことが条件になります。

(注$_2$):(注$_1$)部分は、2016年10月に追記しました。

第5章 次世代を照らす大人の教養

3．あすを照らすクリーンエネルギー

> エネルギーの資源開発は極めて重要ですが、同様にエ
> ネルギーの使用については徹底的に無駄を省くことが
> 重要です。「爪で拾って箕でこぼす」ということわざが
> ありますが、そのようにしないことです。

　現代社会では、主要エネルギーのほとんどを、化石燃
料（重油や天然ガスなど）と核燃料に頼っているのが実
情ですが、これらの燃料の大量使用の結果として地球の
温暖化や異常気象問題は年々激しくなってきています。
　また、使用済みの核燃料の処理と原発事故などによる
環境汚染問題も大きな社会問題になっています。
　我が国は、重油などの石化燃料や核燃料のほとんどを
輸入に頼っていますが、これからはクリーンな自然エネ
ルギー資源の確保が重要な課題になっています。しかし、
これらの研究開発は遅れており、急転しないところが大
問題です。
　その解決策は、国民全体が危機感を持って世論を動か
し、自然エネルギー確保の国家プロジェクトを立ち上げ
早急に推進させる必要があります。
　特に、自然エネルギーとして注目されているものは、

太陽熱、太陽光、地熱、風力、海洋などです。

　我が国の水力資源の開発は、他国に比べてかなり進んでいますが、単に余った夜間電力の有効活用のみでなく、夏季の飲料水の確保との関連で大規模な揚水発電所の開発も進められているようです。

　また、当然のことながら、自然エネルギーを利用するための設備などについては、生態系にどのような影響を及ぼすのか、充分な環境アセスメントの実施が開発推進の大前提であることは言うまでもありません。

　自然エネルギーを活用する場合には、どのような種類のエネルギーにするのか（例えば、電力か水素と酸素にするのか、回転などの機械力などに変換して使用するのか）で、エネルギーの「取り出し設備」の方式が変わってきます。

　また、取り出すエネルギーの「取り出し効率」と取り出したエネルギーを他のエネルギーに変換する場合には、「変換機器の変換効率」の高効率化などの研究・開発も並行して推進することが必要です。

　自然エネルギーは、クリーンで様々なエネルギーを生み出す大きな可能性を秘めているので、今後ますます注目される大きな資源といえます。

（その１）太陽光の力

　自然エネルギーの利用に関しては、膨大なエネルギーを放出している太陽エネルギーの利用に大きな期待が掛かっています。

　地球上の単位面積当たりが受ける太陽エネルギーの最大値は、約１kw／㎡ですが、季節や天候あるいは昼夜間による変化が大きいので、年間の平均値としては約160W／㎡と言われています。

　さらに、このエネルギーを太陽電池で発電するとなれば、太陽電池の光電変換効率は現状では最大でも20％前後ですから、年間の平均値としては約30W／㎡となり効率の悪い設備になってしまいます。

　しかし、実際の使用段階では、平均的にだらだらと一日中使用するのではなく、蓄電池に充電して必要時に使用することになるので、蓄電池の容量と使用時間との兼ね合いで、蓄電池の許容容量の範囲内であれば大きな電力機器が使用できるのです。太陽光発電は、設備費が安価であることと保守管理が容易なことから、一般家庭用に普及してきています。

　参考までに、住宅用太陽光発電の仕組みを図１に示します。

「住宅用太陽光発電の仕組み」のイラストの中に記載し

ている「再生エネルギー賦課金」とは、太陽光発電で発電した電気を電力会社が買い取る場合、電力会社が一般家庭に売っている電気代より高く買っているので、その損失分の穴埋めをするために電力会社が一般家庭に売っている電気代金に、その損失分を上乗せする金額を言います。

　これは、住宅用の太陽光発電の一層の普及を図るための国策で実施しているものです。

住宅用太陽光発電の仕組み

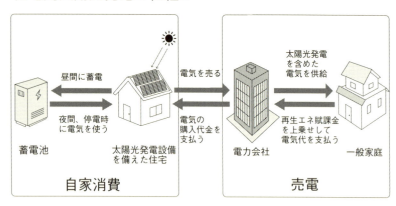

図1　住宅用太陽光発電の仕組み(注2)

　一般家庭で使用している家電製品は、交流電源を使用していますが太陽光発電の場合は直流で取りだすので、

交流電源の家電製品をそのまま使用するには直流を交流に変換するインバーター（inverter）が必要になります。

今後、一層の普及のためには、発電コストが電力会社からの買電価格以下の約10円／kwhくらいを達成するような発電設備の低減化が必要になります。

また、現状の送配電システムでは、送配電による電力損失（変電所および柱上の変圧器を含む）が、4〜5％あると言われています。したがって、発電システムと並行して効率的な送配電システムの技術開発や、太陽電池の光電変換効率のアップ、小型で大容量の蓄電池の研究開発など、国家プロジェクトとして重点的に推進する必要があります。

（注$_1$）：この部分は、2010年の作文です。

（注$_2$）：2017年9月25日の読売新聞のイラストを参考にしました。

（その２）海洋の力

　我が国は、四方を海に囲まれた島国ですから、海洋の自然エネルギーの活用には極めて恵まれた国の一つと言えます。

　海洋は、波の運動エネルギーや海水の温度差などの膨大な潜在エネルギーを秘めているので、波力発電や温度差発電への活用が注目を浴びています。

　波力発電方式は、波のエネルギーを巨大な金属板などで受け取り、波の往復運動を回転運動に変換し、油圧モーターや空気タービンなどと連結した発電機で電力を発生させる方式です。

　一方、温度差発電の原理は、海洋の暖かい表層水と冷たい深層水との温度差を利用して電力を発生させる方式です。

　それは、海洋の表層から温水をくみ上げ、海水の熱によってアンモニアなどの媒体を気化させてタービンを回して発電します。

　タービンから出た蒸気は、凝縮機で冷やして元のアンモニア液に戻すために、凝縮機の冷却用として深層から汲み上げた冷水を使用するのです。この方式は、昼夜の別なく連続発電ができるのが大きな特徴です。

　我が国の有望地域としては、九州の南岸から南西諸島

や小笠原諸島の海域が挙げられ、その海中の温度差は表層の温度と海底 1,000 mのところの温度では約 20 度の差があるといわれています。

このように、海洋は様々な効果的なエネルギーを生み出す可能性を秘めています。

自然エネルギー利用の大きな特徴は、一般的に言ってランニングコストが安いということです。したがって、設備計画をする場合には、その設備の安定運転を確保し設備寿命を延長することで、固定費の低減化を図るということを念頭に置いて、初期投資だけでなく運転維持費までを含めた総費用で経済性を評価することが重要です。

今後の課題は、設備機器や建設費用の大幅な低減と変換したエネルギー（電力や水素など）の貯蔵設備（蓄電池や水素タンクなど）の開発、各エネルギー変換部に用いる変換機器の高効率化の研究開発とその実用化が望まれるところです。

4．包装の功罪とその対策

> 包装ゴミのリサイクル・リユースや焼却熱の効率的な回収技術は重要ですが、それと並行して見直さなければならないことは、ゴミの減量化対策とその技術開発です。

　小売店の店頭を眺めてみると、商品に包装されていないものはほとんど見当たりません。つまり、生産した物品を一般消費者に流通させるには、消費者にとって使いやすい容器に入れ、適当な単位に小分けする必要があるということです。

　そのために、私たちが購入する商品はほとんどが包装されていますが、何のために包装されているかを考えてみると以下の如くです。

　（1）運搬を容易にする
　（2）小分けする
　（3）内容物を保護する
　（4）内容物の品質を保持する
　（5）内容物を明確に区分する
　（6）内容物を見やすくする
　（7）危険を防止する
　（8）危険を分散する

第5章　次世代を照らす大人の教養

（9）使いやすく（購入しやすく）する

（10）展示機能（陳列効果）を持たせる

（11）こぼれ、汚れを防止する

（12）商品価値を向上させる

（13）保管・貯蔵をしやすくする

（14）空間を有効に活用する（積み重ね）

（15）不定形の内容物を定形化させる

（16）製造元を明確にする

（17）情報を伝達する

（18）特徴を強調させる

（19）その他

　包装はこのように多くの機能と役割を果たしており、日常生活においても不可欠の存在です。しかし、包装の利便性とは裏腹に、包装廃棄物が大きな問題になってきています。

　一般に廃棄物の約20％（重量比で）が包装廃棄物といわれ、包装関連の製造業に対する風当たりは強くなってきています。したがって、製造業としては包装材料の減量化を真剣に考えなければならない状況です。

　例えば、販売手段としての「上げ底包装」や不必要な「余裕空間率」などのような、見かけ倒し的な包装形態は、包装そのものの存在価値の再評価も必要になってきています。この一例だけでも、包装材料の節減（包装廃棄物

の減量化）は可能であるし、包装のコストダウンや輸送の合理化にも大きな期待が持てるのです。

次に重要なことは、リサイクル・リユースの容易性を考えることです。

包装廃棄物が社会問題になりながら積極的に解決できない理由は、リサイクル・リユースすることに経済性がないからです。

自治体や業界が、一体となって消費者を啓蒙することも大切ですが、業界としては包装形態や材料の標準化を考えていくことも重要です。

具体的には、包装材料の軽量化や薄肉化であり、使用包装材の表面積あるいは重量に対する被包装物の内容積の最大化を図るような包装形態に対しては、優遇措置などを考えていく必要があります。

現状の包装設計で、クレームが発生していないのでこのままで大丈夫だと安心するのは禁物です。問題が発生していないということは、過剰包装になっている可能性があるからです。したがって、定期的に包装設計の見直しをして、包装の省資源化を推進すると同時に包装廃棄物の減量化を図ることが重要です。

（注）：この部分は、㈱日報　小林久男著の『物流だけで物流改革はできない』を参考にしました。

第5章 次世代を照らす大人の教養

5．経済環境が違うと合理化の考え方が変わる

> 　以下に述べる「算式」は、東南アジア諸国にある自社工場の合理化を検討するときに考え出したものです。この算式の効能は、無駄な過剰投資を防止できると同時に、相手を理論的に説得できることです。

Ⅰ．生産性の評価方法

　世界経済の高度発展に伴い、日本の製造業は世界中の生産最適地に工場を確保するなど、グローバルな展開を推進してきています。

　そうした中で、その国の経済環境の変化に照らして自社工場の省力化・合理化などを考えていくことが重要になってきています。その場合に注意することは、現状がどの程度の生産性になっているかを以下に述べる算式（スケール）で評価してみることです。ただし、品質、公害防止、および安全衛生等に関する設備投資などについては、単なる経済性だけで省力化投資を決めるのは適当ではありません。海外における設備の生産性は、国情によりさまざまです。

　我々は往々にして日本の最新設備と比較して、これは時代遅れの設備だとか、作業人員が多すぎるなどと言う

189

こともありますが、これは日本並みのスケールで測っているので正しい評価とは言えないのです。その国の経済環境や労務費、設備投資に対する償却費などを考慮に入れて経済性を評価しながら、その国に合致したスケールで公平に測ってみることが重要です。

Ⅱ. 生産性と労務費の関係

　労務費が大きく異なるところの生産性の比較には、労務費の比を考慮に入れることが大切です。

　海外各工場の男女別の賃金の比をとり、その中で労務費の一番安い工場の労務費を1とした場合、各々の工場の労務費の比（賃金の比）を算出します。労務費には、給料、雑給料、賞与、退職積立金、法定福利厚生費などを含みます。一例を示せば第1表の如くです。

労働費の比	男　子	女　子
A国の工場の労働費（1）	1.0	1.0
B国の工場の労働費	1.6	2.3
C国の工場の労働費	2.7	2.3
D国の工場の労働費	12.9	15.1
日本の工場の労働費	23.8	27.9

第1表　労務費の一番安い国の労務費を1.0とした一例

第5章 次世代を照らす大人の教養

Ⅲ. 生産性評価の算式（スケール）

省力化投資を考えるときは、各工場の設備の生産性を
まず比較して、投資のプライオリティーを決めることが
重要です。その時の生産性は、下記の条件に適合する算
式によって比較することが重要です。

① **算式－1**　この算式は、単純に一人当たりの生産
　　高で比較する場合で、比較する設備のグレードが
　　ほぼ同程度であり、そこで働く作業員の労務費が
　　ほぼ同程度の場合に用いるのが適当です。

$$生産性 = \frac{設備能力\ or\ 生産高}{作業人員}$$

② **算式－2**　この算式は、設備のグレードが大きく
　　異なり、また製造システムも異なるが労務費がほ
　　ぼ同一の場合に用いるのが適当です。

$$生産性 = \frac{設備能力\ or\ 生産高}{作業人員 + \left(\dfrac{設備償却費など}{一人当りの労務費} \right)}$$

③ **算式－3**　この算式は、設備のグレードおよび労
　　務費が大きく異なっている場合の生産性を比較

する場合に用いるのが適当です。これは同一の仕事を処理する場合、処理能力は高給地域の人も低給地域の人も同一であるという考え方です。

$$\text{生産性} = \cfrac{\text{設備能力 or 生産高}}{\left(\text{作業人員} + \cfrac{\text{設備償却費など}}{\text{一人当りの労務費}}\right)\text{労務費の比}}$$

Ⅳ. 経済的な省力化投資の投資限界

まず、前述した算式で生産性を公平に比較して、省力化投資のプライオリティーを決めます。

そのうえで省力化投資を実行する場合には、予想される投資金額、省力化人員、労務費などを試算して、投資金額から設備償却費などを算定し、前述した算式の中の適当な算式で生産性を評価してみます。

その結果、生産性が大きくなれば投資効果があるということです。逆に、生産性が小さくなれば、投資に経済性がないということです。

(注)：この部分は、1993 年に技術専門誌「化学装置」9 月号へ寄稿したものを参考にしました。

第5章 次世代を照らす大人の教養

６．なぜ物流の合理化が急務なのか

Ⅰ．物流って何だろう

物流という言葉が出始めたのは1960年後半から1965年代の初めごろからです。それ以前は、輸送とか運送という言葉が使われていました。

製造業の荷役・運搬関連の業務を遂行する部門は、輸送係とか運送係と呼んで生産管理課や製造課などの下部組織として位置づけられており、あまり重要視されていなかったのです。

当時の人事異動などのときには、「あれは使い者にならないから倉庫番でもさせるか」と言うような極端なことも囁かれていました。

モノ不足の時代では、まずモノを生産することが最優先であり、製品の配送は二の次でよかったのです。

つまり、売り手市場であったので、製品は製造側の都合で生産しいつでもどこにでも販売できたのでした。したがって、物流業務は、受注した製品をできるだけ速く輸送すればそれでよかったのです。

しかし、経済の急成長によって国民の所得は増大し消費革命が起こると、今までは質よりも量を求めていた消費市場は、量よりも質へと変化してきたので、新製品開発も盛んになってきました。

193

さらには、テレビやラジオで宣伝が始まり新製品の全国一斉販売が軌道に乗ってくると、製品の全国配送のスピードアップが必要になってきたのです。

　そのためには、最低の物流コストで顧客へのサービスを満足させる総合的な物流活動が必要不可欠になりました。

　最近では物流の一部を「ロジスティクス」と呼んでいますが、本来ロジスティクスとは軍事用語で、戦場の後方にあって車両、軍需品の補給、修理、後方連絡網の確保などを任ずる機関を指しています。

　ただ、軍事のロジスティクスでは、経済性や合法性などは度外視していましたが、物流におけるロジスティクスでは経済性と合法性を確保しなければならないところが大きな違いだといえます。

Ⅱ. なぜ物流費が上昇するのか

　消費者ニーズの多様化によって、商品も多様化し小売店の商品の調達方法も変化してきています。

　小売店では、限られた店頭スペースに多品種の商品を陳列することが必要になり、おのずと一品当たりの陳列数量を減らさなければなりません。

　その結果、売れればすぐにその商品を補給しないと欠品してしまうのです。

第 5 章　次世代を照らす大人の教養

　そのために、メーカーへは小売店の販売状況に合わせた製品配送を要求することになるので、製品の配送頻度は増大し物流費が上昇してしまうのです。

　しかも、小口化への傾向と時間指定の納品となれば配送条件はますます悪化してくるのです。

　物流環境が変わっていくなか、その変化に対応した物流システムを構築しなければ、物流費の上昇は吸収できないのです。

　単に物流費が上昇したから、その費用の増加分は受益者が負担してくれとは言えないのです。そのために、現状把握と将来の配送合理化案などを明確にして、企業努力により物流費を低減するように努力する必要があります。

Ⅲ．どうして物流の合理化が必要なのか

　これまで製造業は、自社内に直接影響を及ぼす生産設備の合理化には力を入れてきましたが、近年は物流費が上昇してきたので、生産設備の合理化よりも遅れて、ようやく原材料の調達や製品の配送などの物流の合理化に手を付けるようになってきました。

　仮に、現状の物流費が売り上げに対して５％を要しているときに、合理化により物流費が20％削減できたとすれば、これは純利益が１％増加したことになるのです。

195

1％の利益を得るために、製品をどれだけ余計に販売しなければならないかを考えてみると、如何に物流の合理化が重要であるかが分かります。

　つまり、売り上げに対する純利益が5％である企業が、利益を1％増加するためには、現在の売り上げに対してさらに20％余分に売らなければならないことになるのです。

　モノ不足の時代であれば、設備を導入してモノをどんどん生産さえすれば、20％でも30％でも余分に売ることもできましたが、今はそういう時代ではないのです。海外からは、いくらでもモノが入ってくるし、PB（private brand）製品も出てきているので、自社製品をさらに余分に売るどころか製品価格が低下の方向にあり利益を圧迫しているのが実情です。

　このような状況の中では、利益を生み出すために物流の合理化が非常に効果的です。特に、物流部門の合理化は最も遅れていたので、投資効果という観点からみれば、物流の合理化が最優先の企業戦略として取り組まれるのは当然のことです。

Ⅳ. こうすれば製品コストは低減できる

　今までは、どちらかと言えば「品質第一」とか「品質向上」ということで勝負してきましたが、品質について

は必要以上の品質よりも、「品質の適正化」を考えることが重要です。

したがって、製造原価に対する考え方あるいは原材料の調達方法も考え直す必要があります。従来までの製品価格の決め方は、原材料費が幾ら、人件費が幾ら、設備償却費が幾ら、研究開発費が幾ら、などというように経費の「積み上げ方式」で製品価格を決めていたのです。このような考え方では、モノの価格は決して安くならないのです。

ある商品の販売価格が、他社は100円で、輸入品は95円で売っているなら、90円で売るにはどうすればよいのかを考えなければならないのです。

まず価格を90円に設定して、原材料、減価償却、人件費などを減算していっても、利益がマイナスにならないように原材料の仕様や調達方法を考えるというような、「減算方式」で製品開発を推進することが重要になります。

また、これに加えて、現在置かれている社会環境要件は「国際化」と「高齢化社会」への対応であり、今後の企業戦略はこれらに対応していくことが重要になってきています。

一般的に言って、物流現場は生産現場や事務現場と比較して作業環境の合理化が遅れているので、それらの整

備・改善が急務であり、高齢者、女性あるいは外国人労働者に対して安全で快適な作業現場を提供することが重要になります。そのうえで、賃金や労働時間の適正化が実現すればおのずと生産性は向上し、原価の低減につながってきます。

V．業界ぐるみの対応が必要

近年、経済環境や消費市場の変革で、物流に対する社会的な関心が高まっており、製造業から小売業に至るまで、物流改革が着実に進展してきています。

これは企業経営者にとって、物流の効率化が必要不可欠な重要戦略となっていることの現れです。

こうした中、物流業界も業界ぐるみの合理化に着手し始めており、従来までの陸運、海運、空運および倉庫といった業種別の縦割り経営方針から、各業種間の情報の共有化で総合物流としてのトータルシステム化の実現に向けて検討が進められています。

このような情報システムが構築されれば、荷主に対して広範囲なサービスの提供ができるようになり、製造業者および小売業者と倉庫業者との相互乗り入れで、流通加工までも行うことができるようになるのです。

現在、輸送手段として利用されているものの代表格はトラック輸送であり、国内物量の輸送トン数で約

第5章　次世代を照らす大人の教養

90％、輸送トン・キロで約50％がトラックで輸送されているといわれています。

　しかし、大都市間の物量の増大、多頻度小口配送など物流条件が変革してきて、ドライバーの労働力不足や交通渋滞、公害問題がクローズアップされ、運輸省（現在の国交省）としてもトラック輸送から鉄道輸送へのモード変換に力を入れてきています。

　本来、運転手一人当たりの輸送効率からみれば、鉄道輸送の方がトラック輸送よりも桁違いに高効率であるべきものが、従来まであまり活用されなかった理由を十分に突き詰めて改善する必要があります。

　単に小回りが利かないというばかりではなく、鉄道コンテナーの大きさについての検討も必要になるし、トラックと貨車相互のユニットロードの標準化、一貫パレッチゼーションへの対応、各物流点での荷の積み卸し(ハンドリング)設備の整備、荷主へのサービス向上など、自助努力の不足が鉄道輸送を敬遠させた一因であったことを忘れてはならないのです。

　荷主の輸送手段の選択は、コスト・パフォーマンスで決めるので、効果的な輸送サービスをもセットにして、モード転換を円滑に推進することが重要です。また、製造業と小売業との間では「流通加工」ということが問題になっており、商品に値札を貼るといったような軽微な

199

加工のことを流通加工と呼んでいますが、これはメーカーへのしわ寄せの原因になっており、メーカーにとっては大きな負担となってきています。

しかし、運送業がこうした流通加工を手掛けるようになれば、仕事も増えて小売店・メーカーの双方から喜ばれるなど、運送業にとっても生き残る一つの方法とも言えます。

Ⅵ. 物流合理化のポイントはこれだ

上手くバランスの取れているシステムであっても、経済環境や市場環境が変化すればシステムの再構築が必要になります。その際のポイントについて述べてみます。

まず、第一は、共同配送です。共同配送とは、納入先小売店に対して同業者あるいは類似品の業者が、別々に配送している不合理を解消して、それぞれの製品をまとめて同時に納入する配送方式です。

第二は、運送業界のネットワーク化です。現状では運送業界のネットワーク化が遅れているのに加えて、政府の物流規制が障害となっています。

しかし、運送業界は輸送のプロですから、メーカーよりも速く合理的かつ低コストでの運送方法を実現できるはずです。

第三は、製造システムの見直し、第四は製造設備・機

器の見直しです。

　工場で生産した製品を、小売店に納入するまでのことを一般的に「物流」と呼んでいますが、これは「狭義の物流」です。

　原材料の調達から製品が消費者に渡るまでが「広義の物流」です。もっと広い意味で物流を考える場合には、原材料の調達から消費後の廃棄物に至るまでを考えなければなりません。そのためには、情報のルートを短縮することが重要であり、情報の一元化が必要になってきます。

　大企業ですでに実施している例として、受注データが自社の製造工場のみならず、原材料メーカーにまでオンラインで流れるようになっています。

　これによって、原材料メーカーは次の注文が予測できるのです。

　また、在庫を減らすためには、これに対応したシステムを考える必要があり、過剰在庫を持たずに納品に支障のないようにするには、多品種少量生産に対応できる柔軟な製造システムを構築することが必要だということです。

　瞬間的に製造品目を切り替えることができれば、製品在庫は不要になりますが、それができないところに問題があります。

第五は包装材料の再利用、第六は環境問題、第七は省エネ・省資源です。

包装材料も、利便性や使いやすさの機能以外に、使用後のリサイクル化や廃棄のしやすさ、無公害化に重点が置かれるであろうし、与えられた環境条件に対して目的の機能が発揮できるような、インテリジェント材料の開発が一層重要になってきます。

物流環境の変化に対応するためには、まず物流環境がどのように変化しているのかを把握することが大切です。

今いちばん重要になっている課題は、物流設備のシステム化が遅れていることです。しかし、ただ単に従来の物流システムを改良・改善するといった程度では、大きく変革している消費市場や物流環境に追いつくことはできません。

そこで、前述のポイントを念頭に置きながら、物流システムの再構築を考えていくことが重要になるのです。

（注₁）：この部分は、1997 年 5 月 13 日に「紀陽銀行」RM グループ青葉会（家庭用品業界）主催の物流セミナーにおいて、私が三回に分けて講演した内の、第一回目の講演内容の要旨です。

第5章　次世代を照らす大人の教養

７．今になって何故社員教育なのか
（人は石垣 人は城）

Ⅰ．社員教育を変革しなければならない背景

　昨今の労働市場および労働環境は、若年労働者の減少、中高年労働者の失業率の増大、高学歴化、労働市場の国際化、伝統的な年功序列から能力別賃金制への転換と、それに伴う従業員の帰属意識の低下およびライフスタイルの変化などで変革期に来ているのです。つまり、経済の高度発展は高学歴社会をつくり、企業活動への意欲も現状担当業務よりも、より開発的あるいはより創造的な業務を望むように変化し、生活レベルにしてもこれ以上の収入増大よりも充実した家庭生活を望むように、「ものの豊かさ」より「心の豊かさ」を求めてライフスタイルも変化してきています。

　一方、企業の戦略上からも、グローバルな国際化と多様化への対応のためには創造的な業務が必要となり、労働環境の変革に適応した人材の確保・育成とその人的資源の最適配分が極めて重要になってきています。

　今こそ、社員教育のあり方を見直し、時流にマッチした教育へと変革していく必要があります。

Ⅱ. 何故、今になって社員教育が必要なのか

　ボーダーレスの国際競争が始まり、先行きが不透明な時代の中で企業が勝ち残るためには、「わが社は何をやるべきか」という方向（方針）を模索しながら時代にマッチした目標を定め、社会に貢献しながら企業を繁栄させることが最優先課題になっています。そのためには、創造活動が不可欠であり、人材の育成が極めて重要になります。

　経済の先行きが容易に見通せた時代は、管理者も部下も会社の方針に沿ってただ黙々と働き、一生懸命に努力をすれば将来が報われる社会でしたが、現代では努力をしても目標そのものが見当違いであったのでは成果が期待できない時代です。

　つまり、企業経営者には創造活動が不可欠であり、「どう効率化するか」よりも「何をやるべきか」の方が重要になってきています。

　それへの対応は、経営トップの意識改革は無論のこと社員の意識改革が重要であり、「自立型人材」の養成が必要になってきています。

「自立型人材」の対極には従来型の「会社型人間」が存在しますが、「会社型人間」は組織に忠実・柔軟であり組織人としては優秀であるにしても、業務を改善するような創造的能力は持っていないのです。

Ⅲ．経営者自身の意識改革が人材を育てる

経営トップの重要な責務は、自社内に自立型人材が育つ環境を整備して教育・訓練を実施すると同時に、自立型人材を見つけ出し積極的に活用していくことです。

職場の環境整備の前提は、業務に関連する情報を可能な限り公開することです。

例えば、家電製品の部品加工メーカーを仮定してみよう。

受注した部品を製作する場合に、単に図面と仕様書だけを提示して「このとおりに作れ」というのではなく、「この部品は、どんな製品のどの部分の部品であるのか」、「どのような機能を果たしているのか」などの情報と現物を見せながら社員に知らしめることです。

創造能力豊かな社員であれば、「このように改良すればさらにコンパクトになる」とか、あるいは「その前後の部品まで同時に加工・組立するように変更すればトータルとしての組立工数の低減につながる」などのアイデアも出てくるはずです。

このような提案のメリットは、自社のみならず発注元からも喜ばれ、受注の増大につながるのです。このようなことは、誰でも理屈の上では理解していますが、経営トップになると現実が見えなくなってしまうことが多いのです。特に、協調性についての誤解が多いのです。

205

本来協調性とは、意見や利害および立場が違ったもの同士が穏やかに問題を解決することを前提にしているにも拘わらず、現実には議論すること自体が協調性に欠けるというレッテルをトップが貼ってしまっているということです。つまり、既存のトップダウンの権力組織構造を維持していたのでは、創造性豊かな人材は育たないということです。

　社員教育の仕方次第で、「会社型人間集団」にするか「自立型人間集団」にするかが方向付けられてしまうのです。その予測結果は、**図A**の如くです。

　大企業の経営トップの中に「私は現場をくまなく回り、従業員の意見をよく聞いているので、従業員のことは十分に分かっている」という方々が大勢おられますが、こういう人たちこそ「現場の実情を何も知らない」のです。

　ほとんどの大企業の経営トップの移動計画は、行き先や日程が事前に通達され、受け入れ側は出迎えから視察通路、面談者、面談者の面談内容まで決められており、計画どおりの行動をしているだけのことです。

　それでいて、訪問先の全てのことがよく分かっていると勘違いしているのだから滑稽と言わざるを得ません。

　自立型人材を育成し活用するには、このようなセクショナリズムを打破することと、社員の「ものの考え方」を正確に把握し、それ相応の権限委譲が不可欠です。

第5章 次世代を照らす大人の教養

社員集団

トップの教育方針次第で社員集団は二分する

会社型人間集団

* 与えられた目標は絶対的なものとして受け止める
* 定型業務に対しては効率化が図れるが、創造性は生まれない

* 目標が不適切であった場合は、トップに責任を転嫁する
* 目標が不適切であった場合は、企業の倒産もありうる

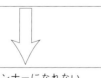

* トップランナーになれない

自立型人間集団

* 与えられた目標は納得するまで考え議論する
* 納得した目標に対しては、その目標達成の効率化を図る

* 目標が不適切であった場合は、社員各々の責任として対処する
* 早期に改善対応ができる
* 技術開発や創造的なアイデアが出てくる

* 企業の繁栄につながる

図A　社員教育の重要性

また、中小企業においては、「同族経営の見直し」が重要です。

　同族経営者の中には、役職にふさわしい経営者もいますが、従業員の中で経営者よりも優秀な人材がいれば、その登用を積極的にしていかないと、優秀な人材が確保できないばかりか企業の成長発展は望めません。

　自立型人材は、これからますます重要になりますが現実的には敬遠されるので、経営トップが従業員の「ものの考え方」に耳を傾けるような意識改革をしない限り「自立型人材」は出現しません。

　したがって、これからの経営トップは、社員の意識改革を云々する前にまず自分自身の意識改革をすることであり、それがひいては、社員の意識改革につながるのです。

Ⅳ. 教育・訓練の意義

　前述のように、人材の確保とその人的資源の適性配分の良否が、企業の盛衰を運命付けることになるので、従業員の作業意欲を向上させながら企業経営に役立つ創造性豊かな人材の育成が極めて重要になってきています。

　つまり、経営活動は、企業目的を明確にして社会に貢献できる財貨やサービスを提供しながら利益を生み出す活動なので、投入資源（人的資源、情報資源など）の最適配分が一層重要です。

第5章 次世代を照らす大人の教養

　その中の人的資源の最適配分のためには、従業員採用の段階から採用後の教育、就業および能力開発管理に至るまでの経緯を注視し、トータルとしての最適化を見極めることが重要です。

　工業化の初期段階においては、従業員を採用したら一般教育さえしておけば、その後は特別の社員教育をしなくても大部分は業務遂行に支障がなかったものが、経済と科学技術の高度かつ急速に発展している現代社会では、従業員の知識・技術、ものの考え方など思考能力の自然習得を待っていたのでは技術革新に追従できない状況にあります。

　社員教育の意義は、人的能力の自然発生的な向上を待つこととの時間的損失を最小化することです。つまり、何年かの経験の中から自然に習得する知識・技術・ものの考え方などの習得期間を、適切な教育・訓練をすることによって短縮し、効率化を図ろうとするものです。

　従業員に適切な教育・訓練を実施した場合と、実施しない場合との差異をモデル的に、**図B** に図示してみます。

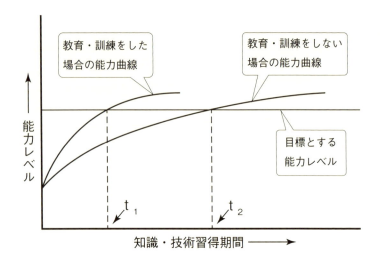

図B　教育・訓練による能力曲線の差異

　これは、予定した目標のレベルに到達するまでの期間を（$t_2 - t_1$）だけ短縮できることを意味しています。したがって、期間短縮のメリットと教育・訓練費とを比較して最適な教育プログラムを作成し実施することが大切です。

　教育・訓練の定着によって労働意欲は向上し、職場の人間関係も良好になると同時に、業務そのものの改革が図られ、職務を通じて社会に貢献したいという人間本来の要求を満足させることができるので、労働福祉施策の一環としても極めて重要なことだといえます。

第5章　次世代を照らす大人の教養

Ⅴ．教育・訓練の目標

　社員の教育・訓練の目標は、企業の目的に適合するよう企業活動を活性化させながら従業員の勤労意欲をも向上させるものでなければなりません。

　したがって、教育の意図するところを従業員に十分に認識させ、教育・訓練に参加するような雰囲気をつくり、平等に参加できる機会を提供することが重要です。

　目標達成のためには、教育内容が各階層の教育対象者の能力レベルに適応させ、内容が十分に理解できるようにすることです。ごく少数の人だけしか理解できないような教育内容でなく、参加者全員に理解させることが大切です。したがって、形式的な教育で一方通行的に実施しても成果は期待できません。

　教育・訓練のプログラムは経営方針に沿って、まず中長期目標を設定し、その枠の中で短期目標を具体的に設定することです。

　思いつきの教育で、好況期には忙しくて教育・訓練に時間が取れないとか、不況期には教育・訓練費が捻出できないということのないように、好況期には教育・訓練のための先行投資をし、不況期には教育・訓練に十分に時間を割くといった経営的な配慮が重要です。

Ⅵ. 教育・訓練計画のあり方

　教育計画の立案は、中長期計画に沿って決めることになりますが、それは決して固定的なものでなく、諸環境の変化に応じて弾力的に修正していく必要があります。人材の育成は経営を効率化すると同時に、従業員の自己実現の上からも重要ですが、ただ企業収益にどれだけ貢献したかを定量的に評価できないところに問題があります。

　しかし、教育投資は、設備投資効果のように直ちに企業業績に結び付くものではありませんが、従業員の意欲や集団の士気高揚といった企業体質を変革することにつながるので、結果的には新製品開発、品質の最適化、原価の低減などに結び付く活動といえます。したがって、いかなる方針のもとに教育・訓練を展開するのかを、経営方針として明確にしておくことが重要です。教育・訓練のあり方としては、次のようなことに留意することです。

① 　教育・訓練計画は、その必要性を関係者が理解して受け入れられるものであること

② 　経営理念との関係が理解できるものであること

③ 　参加者に脅威を与えず、適度の新規性と緊張感をあたえるものであること

第 5 章　次世代を照らす大人の教養

④　内容は、参加者の興味を刺激すると同時に、参加者の能力レベルに設定されたものであること

⑤　一方通行の知識・技術の詰め込みではなく、発想の転換や創造性を醸成するような内容に重点をおくこと

⑥　経営方針全般と調和したものであること

⑦　参加者に夢（動機づけ）を持たせたものであること

　グローバルな国際化と多様化する社会ニーズへの製造業の対応は、「つくったものを売る」のではなく「売れるもの（ニーズに合った）をつくる」ということであり、このマーケティングの基本原則は、社員教育のあり方にそのままあてはまると思います。

（注）：この部分は、1999 年 11 月に「安田生命」のやすだ経営情報「VIP」（No.236）へ寄稿したものです。

8. 国家資格の取得で人生が変わる
（国家資格の取得を推奨）

　最近は、学生だけでなく中高年者の就職が困難な時代に加えて、東日本大震災の被害と東電の福島第一原発事故の追い打ちなどで、企業の倒産や休業が続発し解雇や休職および就職内定の取り消しなど厳しい就職難の状況が続いており、現在に至っても復興計画や復興事業は道半ばにして前途多難な状況です。

　しかし、こと就職活動に関しては、不景気や就職難を環境の悪さや他人の責任に転嫁することなく自助努力することが重要です。

　今こそは、他人が持たない特殊能力を自分が保持することで差別化し、就職活動を有利に展開する絶好のチャンスであると心得て、国家資格の取得に挑戦し十分に資格武装をしておくことです。

　国家資格とは、国の法律で定められた基準に基づいて、各個人の知識・技術・技能などの能力を試験、認定、あるいは講習などの手段で判定し、合格者に対して資格を与えるものです。国家資格の中には、年齢や学歴を問わない資格（例えば、気象予報士は中学生で取得した人もいる）もあります。

　一般的には、国家資格は一度資格を取得すれば違反の

第5章　次世代を照らす大人の教養

ない限り一生ものというのが大部分ですが、中には数年ごとに講習会を受講することが条件になっているものもあります。

　また、世間で高く評価されているような国家資格（科学技術系なら技術士や弁理士など）を取得しておけば、その資格が希望する就職先企業の業務に直接関係のない資格であっても、多くの企業が資格相応の良い評価をしているようです。国家資格を取得することの効能は、単に就職活動を有利に展開するだけではなく、すでに安定した職業に就いている人に対しては、昇進や副業のチャンスも期待できるし、仮に非常事態（会社の倒産など）が発生しても、転職や自営が容易であり家計の安定収入を確保する保険になるのです。

　国家資格を云々すると、お前は、どんな国家資格を取得しているのか、と言われそうなので、私の国家資格の取得状況を述べてみます。

　私は、技術士（機械部門）、第一種電気主任技術者、一般計量士、熱管理士（エネルギー管理士）、労働安全コンサルタントなどを含めて20種類の国家資格を取得済みです。[注3]

　仮に、これらの資格を有効活用する体力と気力を持ち合わせていたとすれば、平均的なサラリーマンの年収の数倍以上の高収入も期待できるのです。

蛇足ながら、資格取得で特に注意することは、目的とする資格が国家資格であるのか、民間資格である（民間資格の中には、資格の効果が全く判らないものもある）のかを見極めることが重要です。

　近年、各産業界で大きな問題になっているのが特許権の侵害事件です。

　科学・技術立国である我が国では、知的財産に関与する科学技術系の弁理士が必要であり、この弁理士の国家資格が有望資格になっています。

　国家資格の取得に関して認識しておきたいことは、その資格が名称独占資格（例えば技術士）であるのか、職業独占資格（例えば弁理士）であるのかをよく見極めておくことです。

　名称独占資格とは、この名称を無資格の人は使用できないのですが、業務の内容は実力さえあれば誰でも実施できるのです。つまり、その職業の独占権はないのです。

　一方、職業独占資格とは、その資格があればその職業を独占して実施できるのです。つまり、無資格者はその職業を職業として実施することができないし、その資格の名称も使用できないのです。

　標的の国家資格を射止めるには、まず学習計画を綿密に立て計画的な学習を実践することであり、その努力を継続すれば目標は必ず達成できます。

第5章　次世代を照らす大人の教養

　振り返ってみれば、私は若い時から国家資格取得に努めてきたので、家族サービスを犠牲にしたことも多々ありましたが、このように国家資格が取得できたのは、家族の協力の賜物だと感謝しています。

（注₁）：この部分は、2012年に「千葉工業大学の校友（No.142号）」へ投稿した原稿を参考にしました。

（注₂）：国家資格の効能
　　　　　私が就職した会社は、技術を大変重要視していたので、技術屋を育成し大切に扱ってくれました。そのおかげで、仕事の合間には相応の国家資格の取得もできました。定年退職後は、その国家資格を活かすことで国や都道府県から重要な仕事を頂くことができました。

（注₃）：取得済みの国家資格は、下記の如くです。ただし、一覧表中の（＃）印部分の国家資格は、高齢のため免状を自主返納しました。

217

取得済みの国家資格の一覧表

	国家資格の名称	登録／交付番号	交付年月日
1.	技術士（機械部門）	科学技術庁 第 10,939 号	1976 年 3 月 8 日
2.	第一種電気主任技術者	通産省 第 29-0034 号	1993 年 2 月 2 日
3.	一般計量士	通産省 第 5,631 号	1971 年 11 月 12 日
4.	労働安全コンサルタント	労働省 機―第 362 号	1995 年 6 月 8 日
5.	エネルギー管理士（熱）	通産省 第 2,320 号	1994 年 5 月 16 日
6.	第二種冷凍機保安責任者	東京都 第 2,279 号	1993 年 5 月 31 日
7.	職業訓練指導員（電工）	東京都 第 45,252 号	1969 年 4 月 22 日
8.	第一種電気工事士 [#]	千葉県 第 24,064 号	1992 年 11 月 12 日
9.	消防設備士（甲種一類）	千葉県 第 1 号	2000 年 4 月 14 日
10.	宅地建物取引主任者	東京都 第 45,780 号	1969 年 7 月 25 日
11.	第二級陸上特殊無線技士	電通監局 AARU　4,234 号	1993 年 11 月 19 日

第5章　次世代を照らす大人の教養

12.	第四級アマチュア無線技士	電通監局 AARN　8,896 号	1993 年 6 月 25 日
13.	公害防止管理者（大気）	通産省 未登録	未登録
14.	危険物取扱主任者(乙-4)	東京都 第 380 号	1973 年 4 月 9 日
15.	エックス線作業主任者	千葉県 第 110 号	1971 年 3 月 5 日
16.	衛生工学衛生管理者	神奈川県 第 276 号	1969 年 3 月 10 日
17.	衛生管理者	神奈川県 第 14,506 号	1968 年 12 月 20 日
18.	大型自動二輪運転免許 (#)	千葉県 第 446706194320 号	1961 年 4 月 5 日
19.	自動車運転免許普一種 (#)	同　上	1987 年 12 月 1 日
20.	狩猟免許	カナダ国オンタリオ州 第 Z-48499 号	1987 年 9 月 18 日

219

あ と が き

　私は某社に入社したときから、技術屋としての物づくりの道を思い残すことなく勉強させていただきました。

　その間には、関連業界の方々、会社の多くの先輩の方々、同僚に教えられ、助けられ、尻を叩かれ、引っ張られて歩み続けることができました。

　そして、おかげさまで無事定年を迎えることできました。

　また、定年退職後は、国や都道府県の技術専門委員を拝命し、個人的には道楽の傍らボランティア活動も実践できたので、これらは思い残すことのない喜びであり誇りでもあります。

　第5章は、他の章と比較して固い内容になってしまいましたが、これは業界の新聞や雑誌へ寄稿したものや、講演などの草稿から拾い出したからです。

　残念ながら、文才のない私にとっては、奮闘努力の甲斐もなくお粗末な内容になってしまいました。しかし、この拙文でもご購読いただいた方々にとって、どこかの部分で少しでも参考にしていただけるところがあれば有

あとがき

り難いことです。

一般的に、人間の歴史を知るということは、その人の足跡を極めて短時間で疑似体験できるので、自分だったらどうしたかというようなシミュレーションができます。

その結果として、得られたヒントや斬新なアイデアは、ご自身の人生に有益に反映していただけるのではないかと期待しているところです。

昔は人生60年と言われていましたが、今は人生100年の時代になってきました。この与えられた歳月をいかに有効活用するかは、ご自身の心掛け一つで運命付けられてしまいます。

人生の歴史というものは改変できませんが、将来の人生設計は幾らでも変更できるし修正もできます。したがって、人生設計の出発点が今であると気付けば救われますが、年月が経過してから気がついたのでは、「歳月は人を待たず」であり手遅れということです。つまり、現役の時から定年後の自分の姿を見通した人生設計を考えておくことが重要だということです。

何事も、観察の眼をぱっちりと開き、謙虚な気持ちで学ぶ努力をすれば、必ず人生に明るい未来が拓けてまいります。

どうも有り難うございました。心より感謝申し上げます。

プロフィール (Profile)

小 林 久 男
(**Kobayashi Hisao**)

千葉県船橋市在住

1936年、長野県駒ヶ根市で出生。
長野県立赤穂高校卒業。
千葉工業大学工学部電気工学科卒業。
1975年、慶應義塾大学ビジネススクールで、経営学講座の所定の課程を修了。

1962年、花王株式会社に入社。技術開発部に配属され、川崎工場建設プロジェクトで包装・物流設備のシステム開発と設計を担当した。
生産技術本部に異動後は、国内外の自社工場（東京工場、和歌山工場、酒田工場、川崎工場、愛媛サニタリー工場、

プロフィール（Profile）

タイ工場、インドネシア工場、台湾工場、メキシコ工場
など）の生産・物流システムの設計・合理化や、新製品
に対応した新工場のシステム設計とその工場建設を担当
した。

1970年代に、自動倉庫建設のプロジェクトマネージャー
として、我が国では初めての生産ラインから出荷までの
一連の作業を全自動で処理する自動倉庫を、川崎工場と
和歌山工場に建設した。

1976年〜1990年まで、ロシアへの洗剤プラント輸出
の業務を担当し、契約前のプレゼンテーションを含め、
契約からプラントの完成引き渡しまでの一連の業務を遂
行した。日本側コンソーシアムの業務分担は、花王がライ
センスオーナーとして基本設計と技術指導を、日揮が
詳細設計と機器調達を、住友商事がロシアとの窓口でコ
ンソーシアムの統括を担当した。しかし、プラント建設
の期間中に、ロシア側に異常事態（ソ連邦からロシア連
邦共和国への変革）が発生したのでプラント建設は遅々
として進まず、完成までに14年間という長い歳月を費
やした。

1986年、研究開発本部に異動後は、カナダにフロッピー

223

ディスク製造工場建設のプロジェクトマネージャーを担当した。

1988 年からは、海外特殊プロジェクト（ロシア、東欧、中国関係など）の統括を担当した。

1991 年、JICA（国際協力機構：外務省所管の特殊法人）から花王㈱に対して、中国・広東省広州市内にある国営の某洗剤工場の合理化・技術指導を要請され、1 年間に亘って洗剤工場の工程分析と合理化・改善提案を実施した。

1992 年 4 月 14 日、ロシアのゴルバチョフ元大統領ご夫妻が花王㈱東京工場に来工された時、プラント輸出した洗剤工場完成までの経緯（ペレストロイカで建設が急転したこと）やエピソードを報告した。

1995 年、花王株式会社を定年退職した。在職中は、包装技術部・課長、生産技術本部・部長、研究開発部門・部長を歴任した。

1995 年、定年退職後は、中小企業大学校の非常勤講師を 2 年間勤め、同時に小林技術士事務所を開所した。

プロフィール（Profile）

業務内容は、製造業の生産・物流工程の合理化支援・システム設計、既存設備の設備管理や省エネ関連の技術指導・支援を実施し現在に至る。

1996年4月〜2011年12月まで、東京地方裁判所民事第22部の調停委員並びに専門委員を拝命し、特別職の国家公務員として15年間に亘って奉職した。
その業務内容は、産業機械・設備や電気機器・設備に関連する訴訟事件に対して、訴訟内容を技術面から審査し、中立的な立場からその正当性を裁判官や原告・被告に提言する業務であった。

1996年から、中小企業総合事業団及び東京都並びに千葉県から技術専門委員を委嘱され、15年間に亘って約200社（化学、紙・パルプ、機械、電気・電機、運輸、アパレル、化粧品、医薬、食品、酒造、ホテル、煙火など）の企業に対して作業工程の合理化や省エネなどの技術指導・技術支援を実施した。

国家資格は、技術士（機械部門）、第一種電気主任技術者、一般計量士、労働安全コンサルタント（機械）、エネルギー管理士など約20種類を取得した。

225

著書には、

1．「物流改革の考え方と実践手順」 ㈱中経出版
2．「物流だけで物流改革は出来ない」 ㈱日報
3．「勝つ工場の設備管理」 日報出版㈱

などがある。

趣味は、盆栽、ハーモニカ演奏、カメラの蒐集と写真撮影などであったが、現在は写真撮影とハーモニカの演奏などである。

ハーモニカ演奏でのボランティア活動は、2014 年まで 13 年間実践した。

私の遺言
あの体験 あの珍事

定価（本体 1500 円＋税）

乱丁・落丁はお取り替えします。

2018年 5月 6日初版第1刷印刷
2018年 5月13日初版第1刷発行
著　者　小林久男
発行者　百瀬精一
発行所　鳥影社 (choeisha.com)
〒160-0023　東京都新宿区西新宿3-5-12トーカン新宿7F
電話 03-5948-6470, FAX 03-5948-6471
〒392-0012　長野県諏訪市四賀229-1(本社・編集室)
電話 0266-53-2903, FAX 0266-58-6771
印刷・製本　モリモト印刷・高地製本
© KOBAYASHI Hisao 2018 printed in Japan
ISBN978-4-86265-678-0　C0095